16세기 당시 명나라와 이민족의 관계를 엿볼 수 있는 자료
建州夷酋 王杲의 침범과 토벌에 관한 奏疏文

무요부초건주이추왕고소략

撫遼俘勦建洲夷酋王杲疏畧

역주자 신해진(申海鎭)

경북 의성 출생
고려대학교 국어국문학과 및 동대학원 석·박사과정 졸업(문학박사)
현재 전남대학교 인문대학 국어국문학과 교수
BK21플러스 지역어 기반 문화가치 창출 인재양성 사업단장
저역서 『건주기정도기』(보고사, 2017)
　　　 『심양왕환일기』(보고사, 2014)
　　　 『심양사행일기』(보고사, 2013)
　　　 이외 다수의 저역서와 논문

무요부초건주이추왕고소략 撫遼俘勦建洲夷酋王杲疏畧

초판 1쇄 인쇄　2018년 8월 17일
초판 1쇄 발행　2018년 8월 25일

원 저 자　장학안
역 주 자　신해진
펴 낸 이　이대현
책임편집　임애정
펴 낸 곳　도서출판 역락
주　　소　서울 서초구 동광로 46길 6-6 문창빌딩 2층
전　　화　02-3409-2060(편집부), 2058(영업부)
팩　　스　02-3409-2059
등　　록　1999년 4월 19일 제303-2002-000014호
이 메 일　youkrack@hanmail.net
홈페이지　www.youkrackbooks.com
블 로 그　blog.naver.com/youkrack3888

정　　가　17,000원
I S B N　979-11-6244-287-6 93810

* 파본은 교환해 드립니다.
* 저자와의 협의에 의하여 인지는 생략합니다.

이 도서의 국립중앙도서관 출판예정도서목록(CIP)은 서지정보유통지원시스템 홈페이지(http://seoji.nl.go.kr)와 국가자료공동목록시스템(http://www.nl.go.kr/kolisnet)에서 이용하실 수 있습니다.(CIP제어번호: CIP2018027223)

16세기 당시 명나라와 이민족의 관계를 엿볼 수 있는 자료
建州夷酋 王杲의 침범과 토벌에 관한 奏疏文

무요부초건주이추왕고소략

撫遼俘勦建洲夷酋王杲疏畧

張 學 顏 원저
申 海 鎭 역주

역락

▌머리말

이 책은 명나라 장학안(張學顔)에 의해 작성된 3편의 주소문(奏疏文), 모로호시 켄지(諸星 健兒)에 의해 작성된 해제 성격의 글이라 할 수 있는 「규장각 소장 ≪무요부초건주이추왕고소략(撫遼俘勦建州夷酋王杲疏畧)≫에 대해서」, 그리고 ≪청사고(淸史稿)≫의 열전 <왕고(王杲)>와 ≪명사(明史)≫의 열전 <장학안>으로 구성되었다. 주소문은 문언문(文言文)과 백화(白話)로 쓰인 것이며, 해제문은 처음으로 주목한 일본인에 의해 쓰인 것이다.

저 17세기 호란을 생각할 때면 으레 떠오르는 인물이 누르하치이리라. 장학안의 주소문은 누르하치가 건주여진족의 강력한 실력자로 부상하기까지의 역사적 배경을 알 수 있는 문헌 자료이다. 곧 ≪무요부초건주이추왕고소략≫ 일명 '무요소략(撫遼疏畧)'이라고 하는데, 중국이나 일본에는 남아있지 않은 것으로 서울대학교 규장각한국학연구원에만 소장(청구기호: 奎中 5416)되어 있는 귀중한 자료이다. 이 소장본은 15장의 1책으로 표제가 없으며, 판심제(版心題)는 '무요소략'이라 되어 있다.

이 '무요소략'은 왕고(王杲)를 포로로 잡아 바치기까지 사건의 경위를 서술한 것으로, 장학안이 올린 3편의 주소문을 묶은 것이다. 곧, <비어경입이영피해소(備禦輕入夷營被害疏)>·<토평역추견소소(討平逆酋堅巢疏)>·<헌부소(獻俘疏)>이다. <비어경입이영피해소>는 만력 2년(1574) 7월 왕고 및 내력홍(來力紅) 등이 무순(撫順)의 비어(備禦) 배승조(裵承祖) 등을 살해한 사건에 대한 주소문이다. 왕고 등이 쳐들어와 노략질을 함으로써 발생한 명나라의 피해상황과 그에 따른 대처를 서술한 것이고, 아울러 사로잡은 오랑캐 포로 39명에 대해 효시하기를 주청한 것인데, 배승조를 살해한 사건이 바로 왕고를 포로로 사로잡아 바치는 발단이었다. <토평역추견소소>는 만력 2년(1574) 10월 이성량(李成梁)이 왕고의 거성(居城) 고륵채(古勒寨)를 토벌하고 평정한 것을 보고한 주소문이다. 왕고 등의 변경 침입에 따른 명나라 관리들의 살해 사실을 서술하고, 그 침입에 대한 성지(聖旨)가 내려지고 성지에 따라 행한 조처들을 서술하면서 전공(戰功)을 아뢰며 진무책(鎭撫策)을 주청(奏請)하였다. 그리고 <헌부소>는 왕고를 포로로 붙잡아 바친 것에 대한 주소문이다. 왕고를 사로잡게 된 경위와 그의 신상 및 죄상들을 서술하면서 왕고에 대한 처리를 주청하였다.

이 시기의 여진족은 조선의 동북 경계에서 지금의 길림성 남부에 살았던 건주여진(建州女眞), 송화강(松花江) 유역의 해서여진(海西女眞), 그 어디에도 속하지 않았던 흑룡강(黑龍江)·수분하(綏芬河) 유

역의 야인여진(野人女眞)이 있었다. 이전 시기부터 이미 여러 차례 명나라의 토벌을 받은 건주여진은 그 힘을 잃으면서 해서여진이 차츰 대두하였다. 그들의 거주지였던 송화강은 너구리 가죽의 원산지인 흑룡강과 명나라의 중간에 위치해 중계무역을 할 수 있어서 거대한 이익을 취하였기 때문이다. 이와 같은 교역관계 안에서 해서여진은 예허(ェホ, 葉赫)·하다(ハダ, 哈達)·호이파(ホイファ, 輝發)·우라(ウラ, 烏喇)의 분파가 일어났다. 이 중에 제일 강대한 부족은 합달부(哈達部)였는데, 왕대(王臺)가 30여 년 동안 추장을 지내면서 강성함을 자랑하며 해서여진뿐 아니라 건주여진도 그의 통제하에 두었다. 이때 건주여진은 두 개의 큰 세력이 있었으니, 바로 왕올당(王兀堂)과 왕고(王杲)이다. 왕올당은 명나라에 비교적 공손한 반면, 왕고는 명나라에 도발하였다. 이러한 정세 속에서 건주여진의 새로운 세력으로 등장한 것이 바로 왕고이었다.

왕고는 누르하치의 외조부이다. 그는 고륵채(古勒寨)를 중건하고 건주우위 도지휘사(建州右衛都指揮使)를 세습한 뒤 도독(都督)으로 승진하였다. 당시 명나라는 건주여진을 회유하기 위해 고륵채에서 겨우 15㎞쯤 떨어진 무순(撫順)에 마시(馬市)를 개설하여 공마(貢馬)를 좋고 나쁨을 관계치 않고 모두 좋은 말의 값으로 후하게 치렀다. 이런 배경으로 세력이 강대해진 왕고는 명나라의 변경방어가 해이해지자 빈번하게 침입하였으니, 가깝게는 동주(東州)·무순(撫順)에, 멀리는 요양(遼陽)·탕참(湯站)에 이르렀다. 그러나 1574년 10

월에 요동순무(遼東巡撫) 장학안과 요동총병(遼東總兵) 이성량(李成梁)의 6만 군대에 의해 포위되어 천여 명이 참수되었다. 왕고는 해서여진의 합달부로 도주하였지만, 왕대와 그의 아들 호아합(虎兒哈)에게 포박되어 명나라에 바쳐지고 북경으로 압송되어 1575년 8월에 능지처참되었다. 왕고의 토벌은 이성량이 권세에 오르는 첫걸음을 떼는 계기가 되었고, 1583년 이성량은 왕고의 아들 아대(阿臺)의 거성을 공략하다가 누르하치의 할아버지 교창안(覺昌安)과 아버지 탑극세(塔克世)를 잘못해서 살해하게 되자 왕고를 대신할 인물로 누르하치를 신임하였다. 결국 누르하치는 외할아버지의 죽음으로 말미암아 새 인생을 개척하게 된 셈이다. 이러한 상황에서 나온, 장학안의 주소문은 당시 명나라와 이민족의 관계를 살펴볼 수 있는 자료라 하겠다.

이제, ≪무요부초건주이추왕고소≫를 완역하여 상재하니 대방가의 질정을 청한다. 이 주소문을 처음 주목한 모로호시 켄지의 글도 번역하였으며, 또한 왕고와 장학안에 대해 보다 더 구체적으로 살펴볼 수 있도록 각각의 열전도 역주하였다. 『건주기정도기(建州紀程圖記)』(보고사, 2017), 『심양왕환일기(瀋陽往還日記)』(2014, 보고사), 『심양사행일기(瀋陽使行日記)』(보고사, 2013) 등과 함께 학술적 논의의 장에서 활용되어지기를 바랄 뿐이다.

그의 논문을 번역할 수 있도록 허락해주신 것에 대해 모로호시 켄지 선생에게 진심으로 고마움을 표하며, 모로호시 켄지 선생의

논문 원문을 입수해 실을 수 있었던 것은 전남대학교 일어일문학과 김성은 교수와 역락출판사 박태훈 이사의 도움으로 가능했던 바, 고마운 마음을 전한다. 끝으로 편집을 맡아 수고해 주신 역락 가족들의 노고에도 심심한 고마움을 표한다.

2018년 7월 빛고을 용봉골에서

무등산을 바라보며 신해진

▌차 례

주소문 奏疏文

▌비어가 경솔하게 오랑캐 진영에 들어갔다가 피살된 일에 대한 주소
備禦輕入夷營被害疏

▌역적 추장의 견고한 소굴을 토벌하고 평정한 일에 대한 주소
討平逆酋堅巢疏

▌전쟁이 끝난 후에 포로를 바치는 일에 대한 주소
獻俘疏

해제 解題

■■■

일러두기

이 책은 다음과 같은 요령으로 엮었다.

1. 번역은 직역을 원칙으로 하되, 가급적 원전의 뜻을 해치지 않는 범위 내에서 호흡을 간결하게 하고, 더러는 의역을 통해 자연스럽게 풀고자 했다.
2. 원문은 저본을 충실히 옮기는 것을 위주로 하였으나, 활자로 옮길 수 없는 古體字는 今體字로 바꾸었다.
3. 원문표기는 띄어쓰기를 하고 句讀를 달되, 그 구두에는 쉼표(,), 마침표(.), 느낌표(!), 의문표(?), 홑따옴표(' '), 겹따옴표(" "), 가운데점(·) 등을 사용했다.
4. 주석은 원문에 번호를 붙이고 하단에 각주함을 원칙으로 했다. 독자들이 사전을 찾지 않고도 읽을 수 있도록 비교적 상세한 註를 달았다.
5. 주석 작업을 하면서 많은 문헌과 자료들을 참고하였으나 지면관계상 일일이 밝히지 않음을 양해바라며, 관계된 기관과 여러분들께 진심으로 감사드린다.
6. 이 책에 사용한 주요 부호는 다음과 같다.
   1) ( ) : 同音同義 한자를 표기함.
   2) 〔 〕 : 異音同義, 出典, 교정 등을 표기함.
   3) " " : 직접적인 대화를 나타냄.
   4) ' ' : 간단한 인용이나 재인용, 또는 강조나 간접화법을 나타냄.
   5) < > : 편명, 작품명, 누락 부분의 보충 등을 나타냄.
   6) 「 」 : 시, 제문, 서간, 관문, 논문명 등을 나타냄.
   7) ≪ ≫ : 문집, 작품집 등을 나타냄.
   8) 『 』 : 단행본, 논문집 등을 나타냄.

주소문奏疏文

비어가 경솔하게 오랑캐 진영에 들어갔다가
피살된 일에 대한 주소

흠차 순무 요동지방 겸 찬리군무 도찰원 우부도어사(欽差巡撫遼東
地方兼贊理軍務都察院右副都御史) 신(臣) 장학안(張學顔)이 삼가 상소문을
쓰오니, 비어(備禦: 배승조)가 경솔하게 오랑캐 진영에 들어갔다가
피살되었는지라 속히 보직(補職)하여 지방을 안정시켜 주시기를 청
하옵니다.

만력(萬曆: 1573~1619) 2년(1574) 7월 21일 미시(未時: 오후 1시~3
시)에 심양(瀋陽)의 참장(參將) 조보(曹簠)가 야불수(夜不收: 정탐병) 주
뇌(周雷)를 보내어 한 보고에 의하면, 이달 16일 건주(建州)의 달족
(達族: 몽골족)이 대군(臺軍: 관군) 3명과 타초군(打草軍: 풀이나 나무를 베
는 농군) 2명을 약탈해 갔습니다. 그리하여 19일에 무순(撫順)의 비
어(備禦) 배승조(裴承祖)가 군사 200명을 거느리고 곧장 내력홍(來力
紅)의 영문(營門)에 이르러 수색하겠다고 하자, 각 적장들이 배승조
를 에워싸고 서서 들어가지 못하게 하고, 오랑캐 우두머리 왕고(王
杲)와 내력홍도 각기 적도들을 거느리고 막아서서 아예 손을 쓰지

못하게 하여, 조보와 요양 부총병(遼陽副總兵) 양등(楊騰)이 20일 인시(寅時: 새벽 3시~5시)에 군사를 인솔하여 무순소(撫順所)에 가서 대응책을 마련하고 있다는 등인(等因: 서면으로 알려 준 것의 근거)이었습니다.

22일 진시(辰時: 오전 7시~9시)에 조보가 장정(壯丁) 손국신(孫國臣)을 시켜 한 구두보고에 의하면, 이달 19일 배승조가 건주 오랑캐들의 방물(方物: 특산물)이 역(驛)에 도착하고 뗏목(筏木)들이 하구(河口)에 도착한 것을 보고서 200여 명의 군사를 거느리고 내력홍의 부락에 이르러서는 약탈하러 나왔던 군사를 찾겠다고 하였습니다. 그리고 밤이 되어 말하기를, "너희 달자(達子: 몽골족)들이 나를 포위하고 있으니, 너희들은 못된 짓을 하려고 하는 것이다." 하면서 병사들을 호령하여 달자를 칼로 찔러 상해를 입힌 수가 많았습니다. 그런데 흩어졌던 달자들이 우르르 몰려들어 충돌이 있었고, 배승조가 달자들에 의해 포위되자 왕고의 동생 왕태(王太)가 달자 2명을 보내 손국신 등 3명을 관문(關門)까지 전송하며 "강화(講和)를 요청한다."고 하였습니다. 이때 배승조의 하인이 천호(千戶) 왕훈(王勳)과 함께 배승조가 포위되었다는 말을 듣고 달자 39명을 사로잡아 감영(監營)에 보냈다는 등의 내용(等情)이었습니다.

24일 병비첨사(兵備僉事) 풍의(馮顗)의 게첩(揭帖)에서 변방 정세를 보고한 것에 의하면, 올해 7월 22일 유시(酉時: 오후 5시~7시) 부총병(副總兵) 양등(楊騰)의 보고서를 보니 본직(本職: 본관, 곧 양등을 일컬음)이 보고를 접하고 즉시 군사를 인솔하여 구원하기 위해 무순성(撫順城)의 혼하(渾河)에 도착하였습니다. 이곳에서 우연히 조보가 야불수(夜不收: 정탐병)를 보내어 올린 보고서를 얻었는데, 배승조가 파총(把總) 유승혁(劉承奕) 등 병마와 함께 내력홍의 성채 안에 있다가 적들에게 피살되었다는 등인(等因)이었습니다.

보고가 신(臣)에게도 이르렀으나, 당시 신(臣)은 영전(寧前) 지방에서 대공(臺工: 목재공사인 듯)을 감독하다가 보고를 접하고 놀라움을 금치 못하고, 총병관(總兵官: 요동총병관) 이성량(李成梁)과 회동해 의논하고 조율하였습니다. 건주 소속 오랑캐 왕고와 내력홍 등은 예전부터 송환할 사람의 총수와 진무(鎭撫)할 곳이 이미 정해져 있어 만력 2년(1574) 이래로 서로 편안히 무사하였으나, 근래에 도망쳐 오거나 투항한 오랑캐 내아독(柰兒禿) 등 4명과 관련해 내력홍이 수색하려 하자 배승조가 허락하지 않았습니다. 이에, 마침내 7월 16일 밤을 틈타 수비대군(守備臺軍: 방어 관군) 및 타초군(打草軍: 풀이나 나무를 베는 농군) 등 5명을 약탈해 갔습니다. 행동은 비록 불순한 일이었으나 또한 아주 미미하였고, 하물며 저들이 공납(貢納)한 말 500필은 이미 검사하여 영군(營軍; 지방군)에 지급되었고 방물(方物: 특산물) 30바리가 이미 운송되어 역(驛)에 있었으니, 어찌 기꺼이 그 때문에 원한을 맺어 귀중한 물자들을 버리려 했겠습니까? 만일 평소대로 공표한다면, 앞에 적힌 군사들에 있어서는 스스로 마땅히 돌려보냈어야 합니다. 이에, 배승조는 엄금 사항을 이미 어겼다고 여기고 또 죄를 밝혀주기를 청하지 않은 채 경솔하게 오랑캐들을 업신여겨 위험을 무릅쓰고 오랑캐의 성채(城寨)를 들어갔다가 유인되어 포위되었고, 전세가 기울어지자 서로 맞붙어 싸웠으나 목숨을 잃었습니다. 비록 오랑캐 39명을 사로잡았지만 어찌 관원이 살해되고 많은 사람들이 손상 입은 울분을 풀 수 있겠습니까? 죽어도 그 죄과를 다 씻을 수가 없고, 전례(前例)상 구휼하기도 어렵습니다.

다만 한동안 관원이 결원되었으니, 빨리 천거해 보임(補任)하는 것이 마땅합니다. 조사해 알아보건대[查得], 좌영 중군(坐營中軍) 정방(丁倣)과 중고비어(中固備禦) 양겸(楊謙)이 내부에서 찾아 등용할 수 있는 사람 중 한 명에 부응할 듯하니, 속히 태거(汰去: 필요하지 않은 관원을 차출함)해 대신하게 해주십시오. 또 상황을 알아보건대[查得], 왕고는 평소 왕대(王台)의 제약을 받았으나 왕대가 마침 토만(土蠻)과 혼인관계를 맺어서 피차간 연합해 명성과 위세를 서로 기댈 수 있게 되자, 한편으로 점차 사단을 일으키려고 안으로 강한지 약한지 시험하다가 지금 감히 변장(邊將)을 살해하여 역모한 죄상이 매우 분명하니, 천벌로 죽이는 것을 그만둘 수가 없을 듯합니다.

다만, 지금 스스로 반역한 것을 알고 반드시 삼엄하게 경비하여 기회를 노려볼 틈조차 없으니, 병사들을 함부로 진입시키기가 어렵습니다. 응당 몸 둘 곳이 없습니다만 신(臣)들이 황제의 훈유(訓諭: 가르쳐 타이르는 말)를 왕대 및 왕고 등의 부락들에 널리 알려 각기 안심하고 귀순토록 하여 반역자들을 따르지 못하게 하고서, 오랑캐의 마음이 조금씩 나태해지기를 기다렸다가 계책과 조처를 매우 치밀하고 두텁게 한 뒤 군량미를 모우고 조용히 간첩을 보내어 한편으로는 기회를 살펴 그 소굴을 치고 한편으로는 계책을 꾸며 그 우두머리를 사로잡은 뒤 별도로 충직하고 양순한 부락을 가려 평소대로 공시(貢市)를 열도록 허락한다면, 왕대가 음모를 꾸미지 못하게 할 수 있을뿐더러 또한 토만의 기세도 꺾을 수 있을 것입니다. 또한 사로잡아 온 오랑캐 39명은 응당 관문(關門)에 효시하면 많은 사람들의 원한을 씻을 듯합니다.

바라옵건대 병부(兵部)에 내려보내 재논의하고 시행토록 해주신다면, 신(臣)들이 좇아서 받들어 시행하겠습니다. 황제의 교지(敎旨)를 받드니 「병부에서 알아서 공경히 하라.」고 하시어 병부에서 자세히 살펴 의논하였는바, 황제의 교지를 받들어 이 일은 장학안과 이성량이 기회를 보아 처리토록 하였고, 그 나머지도 모두 의논한 대로 하였습니다.

備禦輕入夷營被害疏

欽差¹⁾巡撫遼東地方兼贊理軍務都察院²⁾右副都御史³⁾臣張學顏⁴⁾謹題, 爲備禦⁵⁾輕入夷營被害, 乞賜速補, 以安地方事。

萬曆⁶⁾二年七月二十一日未時⁷⁾, 據瀋陽⁸⁾參將⁹⁾曹簠, 差夜不

---

1) 欽差(흠차): 황제의 명령으로 보낸 파견인을 이르던 말.

2) 都察院(도찰원): 명나라 중앙정부의 감찰기관. 또한 관리의 임무 수행능력을 평가하기도 하였다. 정2품의 左右都御史, 정3품의 左右副都御史, 정4품의 左右僉都御史, 정6품의 經歷(도찰원의 기록을 담당), 정7품의 監察御史(실제 감찰을 수행하는 관리), 종7품의 照磨(도찰원의 서기)로 구성되었다.

3) 都御史(도어사): 중국 명나라·청나라 때 都察院의 장관. 도찰원은 모든 벼슬아치의 非違를 규탄하고 지방행정의 감찰을 맡아보던 관청이다. 명나라 洪武 14년(1372) 御史臺를 고쳐서 도찰원이라 하고, 다음 해에 左右都御史, 左右副都御史 등을 설치하였는데, 청나라도 대체로 여기에 따랐다.

4) 張學顏(장학안, ?~1598): 명나라 神宗 때의 명신. 자는 子愚, 호는 心齋. 廣平 肥鄕(現 河北省 邯鄲地區 肥鄕縣) 사람이다. 嘉靖 32년(1553) 進士가 되었으며, 薊州兵備副使·遼東巡撫·戶部尙書·兵部尙書 등을 지냈다. 萬曆 初에 建州王杲가 침범하자 李成梁과 함께 그를 격파하였다. 저서로는 ≪會計錄≫·≪淸丈條例≫ 등이 있다.

5) 備禦(비어): 吏文의 용어로, 하나의 성이나 보루를 외롭게 지키는 자. 守備備禦라고 하였다.

6) 萬曆(만력): 명나라 13대 황제 神宗의 연호(1573~1619).

7) 未時(미시): 오후 1시부터 3시까지.

8) 瀋陽(심양): 중국 遼寧省의 省都.

9) 參將(참장): 명나라와 청나라 때 변경과 요지를 지키던 무관의 품계. 명나라 때는 總兵, 副總兵 지휘 아래에 있었고, 遊擊·守備·把總 등을 지휘하였다.

收[10]周雷報稱, 本月十六日, 建州[11]達賊[12]搶去臺軍[13]三名・打草
軍[14]二名。十九日, 撫順[15]備禦裴承祖帶領兵馬二百, 徑到來力紅
寨內, 索要, 有各賊將裴承祖圍住, 不放進來, 有酋首王杲[16]・來力
紅, 將各賊攔住, 不曾動手, 曹簠與遼陽[17]副總兵楊騰, 於二十日寅
時[18], 帶領兵馬, 前往撫順所, 策應去訖[19], 等因[20]。

　二十二日辰時[21], 又據曹簠差壯丁孫國臣口報, 本月十九日, 有
裴承祖見建州夷人方物到驛・筏木到河, 帶兵二百餘名, 赴來力紅
寨子[22], 追要搶出軍。夜說: "你着達子[23]圍我, 你要作歹." 呼衆

---

10) 夜不收(야불수): 軍衆에서 정탐하는 일을 맡은 군. 한밤중에 활동하기 때문에 이
    렇게 부른다.
11) 建州(건주): 중국 만주 吉林 지방의 옛 이름. 黑龍江 동남부의 綏芬河 근처로 추
    정된다.
12) 達賊(달적): 몽골족을 이르는 말.
13) 臺軍(대군): 官軍을 이르는 말.
14) 打草軍(타초군): 풀이나 나무를 베는 농군.
15) 撫順(무순): 중국 북동부 遼寧省 중앙에 있는 도시.
16) 王杲(왕고, ?~1575): 명나라 말기의 건주여진족 두령. 성은 喜塔喇, 이름은 阿古,
    출생지는 古勒寨. 청나라 태조 누르하치의 외조부이다. 관직은 建州右部都督을
    지냈다. 만력 3년(1575) 李成梁이 군대를 이끌고 건주를 공격했을 때, 그는 사로
    잡혀 북경에서 능지처참되었다. 그의 아들 阿台는 탈출했지만 그 후 그의 부하
    들에 의해 살해되었다.
17) 遼陽(요양): 중국 遼寧省 중부의 縣. 瀋陽의 남쪽 60㎞, 太子河 남서안에 있다.
18) 寅時(인시): 새벽 3시부터 5시까지.
19) 去訖(거흘): 완비함. 마련함.
20) 等因(등인): 서면으로 알려 준 사실에 바탕하였다는 뜻.
21) 辰時(진시): 오전 7시부터 9시까지.
22) 寨子(채자): 사방으로 울타리를 둘러친 마을.
23) 達子(달자): 서북변 오랑캐라는 뜻으로, 명나라에서 몽골족을 일컫던 말.

兵, 斫傷達子數多。破達子一擁衝射, 承祖見被達子圍住, 有王果弟王太差達子二名, 將國臣等三名迻到關, 說:"要講和." 有承祖家人同千戶[24]王勳聞, 承祖被圍, 擒挐達子三十九名, 迻監, 等情[25]。

二十四日, 據兵備僉事馮顗[26]揭, 爲邊情事, 本年七月二十二日酉時[27], 准副總兵楊騰報稱, 本職據報, 即時統兵應援, 至撫順城渾河[28]。遇曹簠差夜不收稟報, 裴承祖幷把總[29]劉承奕等兵馬在來力紅寨內, 被賊殺死, 等因。

到臣, 時臣在寧前[30]地方, 督視臺工[31], 據報, 不勝驚異, 會同總兵官[32]李成梁[33], 議照。建州屬夷王果·來力紅等, 自昔年送還

---

24) 千戶(천호): 명나라 때 군사 1,120명으로 편성된 千戶所의 지휘관.

25) 等情(등정): 보고서를 마감하는 套式語. '등의 내용'이라는 말이다.

26) 馮顗(풍의): 山西省 高平 출신. 嘉靖(1522~1566) 연간에 遼陽僉事를 거쳐 1574년 開元兵備按察司僉使를 지냈다. 깨끗한 지조와 뛰어난 행실은 세상에서 보기 드물었다.

27) 酉時(유시): 오후 5시부터 7시까지.

28) 渾河(혼하): 중국 遼寧省을 흐르는 강. 遼河의 한 支流로 변외에서 시작하여 興京·撫順을 거쳐 봉천의 남방을 지나, 太子河를 합쳐 요하로 흐른다.

29) 把總(파총): 명나라 때 하급무관의 직명.

30) 寧前(영전): 명나라 때 遼薊 지역을 일컬음. 錦州, 松山, 杏山, 右屯及大, 小凌河를 포함하였다.

31) 臺工(대공): 목조건축의 가구를 구성하는 여러 부재 중 가장 높은 곳에 위치하여 宗道里를 지지하는 部材. 여기서는 목재공사인 듯.

32) 總兵官(총병관): 遼東을 鎭守하는 관원. 廣寧에 설치하였다가 河東遼으로 옮겨서 海州와 瀋陽을 조달하고 지원하고 방어하였다. 協守로 副總兵 1인이 있고 分守로 參將 5인이 있었으며, 遊擊將軍이 8인, 守備가 5인, 坐泳中軍官이 1인, 備禦가 19인이 있었다. 一方을 總鎭하는 것을 鎭守라 하고, 一路를 獨鎭하는 것을 分守라 하고, 一城이나 一堡를 각기 지키는 것은 守備라 하고, 主將과 더불어 같이 一城을 지키는 것은 協守라 한다.

人口撫處已定，二年以來，相安無事[34]，近因走回[35]投降夷人奈兒禿等四名口，來力紅索要，裴承祖不與。遂於本月十六日，乘夜，挈去守臺及打草軍餘五名。迹雖不順事，亦甚微，況伊貢馬五百匹已驗給營軍，方物三十包已運送在驛，安肯因此搆怨，棄其重資？若照常[36]宣布，前項軍餘[37]，自當送回。迺裴承祖既違嚴禁，又不請明，輕狎夷人，冒入夷寨，以致誘圍，勢蹙，格鬪，殞身。雖擒獲夷人三十九名，豈足以舒殺官損衆之憤？死有餘辜[38]，例難卹錄。

---

33) 李成梁(이성량, 1526~1615): 명나라 말의 將令. 자는 汝契, 호는 引城. 遼寧省 鐵岭 출신이다. 조선인 李英의 후예로 遼東의 鐵嶺衛指揮僉事의 직위를 세습해 왔다. 1570년~1591년 연간과 1601년~1608년 연간 두 차례에 걸쳐 30년 동안 遼東總兵의 직위에 있었다. 이 기간에 그는 軍備를 확충하고, 建州女眞 5部, 海西女眞 4部, 野人女眞 4部 등으로 나뉘어 있는 여진의 부족 갈등을 이용하면서 遼東 지역의 방위와 안정에 크게 기여하였다. 1573년 寬甸(遼寧省 丹東) 등에 六堡를 쌓았으며, 1574년 女眞 建州右衛의 수장인 王杲가 遼陽과 瀋陽을 침공해오자 이들의 근거지인 古勒寨를 공격해 물리쳤다. 그리고 建州左衛 女眞을 통제하기 위해 首長인 塔克世의 아들인 누르하치[努爾哈赤, 청 태조, 1559~1626]를 곁에 억류해 두었다. 1580년 이성량의 공적을 치하하는 牌樓가 皇命으로 廣寧城(遼寧省 錦州)에 세워질 정도로 그는 明의 遼東 방위에 큰 공을 세웠다. 1582년 王杲의 아들인 阿台가 다시 군사를 일으키자 古勒寨를 공격해 1583년 함락시켰다. 하지만 이 전투에서 이미 明나라에 歸附했던 누르하치의 아버지와 할아버지인 塔克世와 覺昌安도 阿台를 설득하기 위해 古勒寨에 들어갔다가 明軍에게 살해되었다. 이 사건은 누르하치의 불만을 샀고, 1618년 그가 明과의 전쟁을 선포하며 발표한 이른바 '七大恨'의 첫 번째 항목으로 꼽혔다.
34) 相安無事(상안무사): 피차에 아무런 다툼이나 충돌이 없이 그런대로 지냄을 가리키는 말.
35) 走回(주회): 포로로 잡혔다가 도망쳐 옴.
36) 照常(조상): 평소대로 함.
37) 軍餘(군여): 명나라 때 정식 軍籍을 취득하지 못한 군인을 이르던 말.
38) 死有餘辜(사유여고): 죽어도 오히려 죄가 남음. 죽어도 그 죄를 갚을 수 없다는

但一時缺官，亟宜推補。查得[39]，坐營中軍丁傲·中固備禦楊謙，似應於內推用一員，速去[40]代事。查得，王杲素受王台[41]約束，王台適與土蠻[42]結姻，彼此連和，聲勢相倚，或漸起釁端，試內强弱，今敢殺邊將，逆狀甚明，天討加誅，似不容已。

但今自知犯順[43]，爲備必嚴，隙無可乘，兵難冒進。合無容，臣等宣諭王台及王杲等部落，各安心效順，不許從逆，候夷心稍懈，計處已周厚，集兵糧，默遣間諜，或相機搗其巢穴，或設策擒其酋首，另選忠順部落，許其照常貢市[44]，旣可寢台酋之謀，亦可奪土蠻之氣。其擒獲夷人三十九名，似應梟示關門，以雪衆恨。

伏乞，勅下兵部，通加覆議行，臣等遵奉施行。奉聖旨:「兵部知道，欽此.」，該部覆[45]，奉聖旨，這事情，着張學顏·李成梁相機處置，其餘俱依擬。

말이다.

39) 查得(사득): 조사하여 찾아냄.
40) 去(거): 汰去. 필요하지 않은 관원을 차출함.
41) 王台(왕대, 1548~1582): 海西女眞 哈達部의 수장 萬汗을 명나라에서 부르던 말.
42) 土蠻(토만): 土蠻罕. 土門罕 또는 圖們汗 등으로도 쓴다. 명나라 때 挿漢部 수령이다. 嘉靖 때 俺答을 피해 아버지 小王子 打來孫를 따라 遼東으로 옮겨와 살았다. 1558년 汗의 자리를 물려받자 小王子란 호칭을 없애고 이름으로 행세했다. 점차 강성해져 왕으로 봉해주기를 요청했지만 명나라에서 허락하지 않았다. 여러 차례 변방을 침략해 어지럽혔다.
43) 犯順(범순): 叛逆. 반란함. 모반함.
44) 貢市(공시): 공적으로 시장을 개설하여 물품을 교역함. 주로 交隣의 차원에서 시장을 개설한 것이다.
45) 覆(복): 覆議. 자세히 살펴 의논함.

역적 추장의 견고한 소굴을 토벌하고
평정한 일에 대한 주소

삼가 밝은 성지(聖旨)를 좇아 황제의 위엄을 우러르며 엎드려 역적 추장의 견고한 소굴을 토벌하고 평정하여 비상한 대첩을 공경히 아룁니다.

만력(萬曆: 1573~1619) 2년(1574) 10월 14일 분수장(分守將) 요해동녕도 참의(遼海東寧道參議) 적수상(翟繡裳)의 정문(呈文: 보고서)에 의하면, 올해 10월 13일 좌영 중군(坐營中軍) 진가행(陳可行)이 야불수(夜不收: 정탐병) 풍경양(馮景陽)을 시켜 가져온 화패(火牌: 통행증)에 의거하여 조사해서 살펴보건대 올해 7월 중에 건주(建州)의 오랑캐 우두머리 왕고(王杲)가 주모하여 내력홍(來力紅)의 성채(城寨) 안에서 무순(撫順)의 관할 비어(備禦) 배승조(裴承祖)와 천총(千總) 유성혁(劉成奕: 유승혁인 듯)을 죽이고 또 군사 200여 명을 죽이거나 사로잡았습니다. 이에 무진(撫鎭)에서 회동하여 상소를 올리자 병부(兵部)에서 거듭 의논하여 보낸 자문(咨文)에 힘입어 무진관(撫鎭官)이 왕대(王台)에게 장차 모략을 꾸민 왕고와 내력홍 장본인을 포박하여 관하(關下)에 바치도록 선포하였습니다. 아울러 못된 짓을 저지른 오랑캐들이 더불어 죽인 군사의 수가 반드시 상당한데도 만약 잘못된 생각을 고집하여 회개하지 않는다면, 때맞춰 강력한 정예의 병마를 징발하여 한편으로는 정병(正兵)으로 너희들의 소굴을 무찌르거나 또 한편으로는 기병(奇兵)을 출동시켜 너희 우두머리를 사로잡아 반드시 죄인들을 붙잡아서 나라의 위엄을 펼 수 있도록 하겠다고 하였습니다. 황제의 교지(敎旨)를 받드니 「이 일은 장학안(張學顔)과 이성량(李成梁)이 기회를 보아 처리토록 하노니 이를 삼가 받들라.」고 하셨는지라, 담당 신하들이 제본(題本: 공문서)을 따라 황제 교지(聖旨)를 받들어 사리(事理: 내용)에 맞게 행회(行會)하였습니다. 진수(鎭守) 이성량이 10월 2일에 중군(中軍), 선봉(選鋒: 정예돌격대)과 가정(家丁: 친위 정예부대) 및 파총(把總)의 관군을 통솔하고 무순소(撫順所)에 달려가서 기회를 보아가며 방어하고 진무하였습니다. 7일, 홍장둔(洪章屯)에서 주둔했다가 도중에 초병(哨兵: 초소를 지키는 병사)의 보고를 기다린 뒤 적들이 향하여 가는 곳으로 뒤쫓았습니다. 8일, 심양(瀋陽)의 철장(鐵場)으로 옮겨 주둔했다가 부총병(副總兵: 요양부총병) 양등(楊騰)은 등량둔(鄧良屯)으로 옮겨 주둔하고 청하 유격(淸河遊擊) 왕유병(王惟屏)은 마근단(馬根單)으로 이동하여 주둔했는데, 각각 앞뒤에서 적을 몰아칠 형세로 연계하였습니다. 9일, 조보(曹簠)가 적을 추격하여 적의 머리를 벤 것이 4과(顆)이었습니다. 10일, 유격 정방(丁倣)의 보고에 의하면, 적군 3,000여 기병이 오미자충(五味子衝)에서 진입해 들어오자, 총병관 이성량은 군대를 동원하도록 전하면서 각기 병사들을 매복시키고 있다가 사방에서 모여들어 군영을 통합하고 8로(路)로 나뉘어 일자진(一字陣)을 벌여 쳐서 적의 선봉을 향해 곧장 진격하였습니다. 선봉에 섰던 적들은 사방으로 흩어져 왕고의 성채 안으로 곧장 들어가 성에 올라가서 굳게 지켰습니다. 그리하여 총병관 이성량이 군사를 분산해 배치하였는데, 부총병 양등은 유격(遊擊) 정방(丁㑪) 및 중군(中軍)의 천총(千總) 능운(凌雲)과 파총(把總) 고연령(高延齡) 등 10여 명을 거느리고서 남쪽에 있게 하고, 참장(參將) 조보(曹簠)와 유격(遊擊) 왕유병(王惟屛) 등 20여 명은 서쪽에 있게 하였습니다. 총병관 이성량은 중군의 천파총(千把總) 진가행(陳可行) 등 10여 명을 거느리고 중앙에서 일자진을 치고, 이어서 선봉(選鋒: 정예돌격대)의 천파총 유숭(劉崇) 등 20여 명으로 이자진(二字陣)을 쳐서, 오로지 군대를 방어하고 구원하여 싸움에 대비토록 하고, 천파총 이악(李蕚) 등 10여 명을 하나의 대규모 진영으로 열지어 오로지 밖에서 응원하도록 하였습니다. 군사들의 배치가 정해지자 또 각 관군들에게 거듭 단단히 타이르기를, 힘을 다해 공격하여 반드시 성을 깨뜨릴 것을 기약하고 이 적들을 남김없이 모두 멸해야 할 것이니, 만일 조금이라도 물러나고 겁낸다면 즉시 베어 죽일 것이며, 성을 함락할 때에 만일 우리 명나라 사람을 보거든 함부로 죽여서는 아니 된다고 하였습니다. 마침내 화포(火炮), 화창(火鎗: 화승총), 화전(火箭: 불화살)으로 공격하며 모든 군사들이 계속 전진하여 먼저 여러 겹의 목책(木柵)을 깨트려 열고 개미처럼 곧장 기어올라 성첩(城堞: 성가퀴)을 부수어버렸습니다. 적의 장수들이 화살과 돌들이 빗발처럼 쏟아지는데도 있는 힘을 다해 저항하고 가로막았지만 우리 병사들은 칼날을 피하지 않고 사방에서 공격하며 포위하였으니, 우지문(于志文)·진득의(秦得倚)·도광(塗廣)·웅조신(熊朝臣)·왕조경(王朝卿) 등이 맨먼저 성에 올라 오직 동북 모퉁이만 함락시켰으나, 천총(千總) 고운구(高雲衢)·왕수도(王守道)·장국태(蔣國泰)와 파총(把總) 박수진(朴守眞)·팽국진(彭國珍) 등이 남쪽을 공격하여 또한 함락시켰습니다. 관군이 마침내 사방에서 쳐들어가자 각각의 적들이 우르르 몰려들어 막아서며 싸웠으나, 관군이 용맹을 떨치며 적을 무찔러 없앴습니다. 성 안에는 높고 넓은 큰 지휘대 하나가 있었는데, 정예병 달적(達賊: 몽고족) 300여 명이 모두 지휘대 위로 올라가 활을 쏘며 저항했으나 관군이 포위하고 더욱 격렬하게 공격한지 한참만에 또한 함락되었습니다. 적의 머리를 죄다 베니 모두 1,000여 과(顆)이었고, 말과 오랑캐의 무기들을 함께 노획하였습니다. 불화살이 날아올라 마초(馬草)를 쌓아둔 방옥(房屋: 건물)들을 불태우자 불길이 하늘을 가렸는데, 곧 왕고 등의 가옥 약 500여 칸이 죄다 타 버렸습니다. 그 때문에 달적(達賊: 몽고족)들이 눌리거나 불에 탄 수가 많아 머리를 미처 베어 취할 수가 없었습니다. 성채 밖의 주위에 왕고의 부족들이 무수히 모여 살고 있었는데, 산기슭을 따라 소라를 불며

달려와서 구원하였습니다. 총병관 이성량은 앞서의 장령과 관군들을 다시 독려하여 거느리고 적의 칼날을 맞서니 적들이 모두 산으로 올라가 숲속에 숨어들자, 군진(軍陣)으로 돌아왔습니다. 이 싸움에서 적군의 목 100여 과(顆)를 베어 얻었고, 달적의 말과 오랑캐의 무기 등 물건을 노획하였으며, 가옥들을 모두 불태웠고 소굴의 보루들을 소탕하여 평정시켰습니다. 성채의 안팎에서 참획한 적의 목을 합계하면 모두 1,104과(顆)이고, 노획한 오랑캐 말[達馬]이 모두 423필(匹)이고 소가 102척(隻)이고 투구가 543항(項)이고 갑옷이 439부(副)이며, 오랑캐 무기 등의 물건도 있습니다. 유시(酉時: 오후 5시~7시)에 이르러 나누었던 군사를 거두어 경내로 들어왔습니다.

16일, 또 진가행(陳可行)의 보고에 의하면, 총병관 이성량이 회군할 때 왕고의 이웃 성채에 있던 오랑캐 대동극(大疼克)과 삼장(三章: 納森章인 듯) 등의 약 4,5백 명이 산기슭 주위에서 무릎을 꿇고 말하기를, '왕고 등이 관군을 죽였으니 그는 스스로 죽음을 자초하였고 또 우리 달자(達子)들을 가로막고 죽이려 하면서 관문(關門)에 접근하는 것을 불허하였다. 그러나 그는 사람이 많고 세력이 강했기 때문에 사로잡아 바칠 수가 없었다. 지금 마법(馬法: 관직명으로 褊裨)은 다른 성채에 있는 사람 중 단 한 명도 죽이지 못하게 하고 우리 성채의 주변에 있는 풀 한 포기라도 캐지 못하게 하면서 단지 그의 성채 안에 있는 부자(父子)의 친족과 지파(支派: 가지손)를 죽이라고 하였다. 이는 하늘이 눈을 뜬 듯 명백히 우리 달자(達子)들을 멸하여 화근을 제거하려는 것이니, 마법에게 감금한 달자(達子)들을 석방해주고 황제께 주달(奏達)하여 우리들의 공시(貢市)를 허락케 해달라고 애원하였다. 만일 우리 많은 달자(達子)들이 못된 짓을 하려는 자가 있다면, 마법이 왕고를 비추어 그들의 소굴을 쓸어버린들 죽어도 원망하지 않을 것이다.' 등의 말이었습니다. 신(臣)은 왕고가 살았는지 죽었는지 확실하지 않아서 먼저 즉시 사람을 시켜 자세히 조사케 하였습니다.

17일, 또 유격(遊擊) 정방(丁倣)이 게첩(揭帖)으로 보고한 것에 의하면, 왕고가 어린 달자(達子) 한 명과 함께 달아났다는 소문을 들었는데 사실인지 아닌지 알 수가 없어서 재조사한 별도의 보고를 기다리고 있다는 등의 내용[等情]이었습니다.

각각의 보고들이 신(臣)에게 도착하였습니다. 이것들에 의하면 적의 수급(首級)을 참획한 자를 제외하고 해당하는 도[該道]의 청원서를 송달하여 순안 아문(巡按衙門)에 보내서 공적 조서(功績調書)가 명백해지면, 공이 있는 으뜸과 그 다음의 사람들에게는 은패(銀牌)와 상(賞: 花紅)을 주어 위로하였고, 싸움터에서 죽었거나 부상당한 사람들에게는 모두 관목(棺木)・탕약(湯藥)・은냥(銀兩)・마필(馬匹)・오랑캐 무기(夷器) 등을 지급하였고, 진영의 관군에 딸린 사람들에게 상을 지급하였다는 것 외에도 조사해서 살펴보니 앞서 병부(兵部)의 자문(咨文)을 의거하여 비어(備禦: 배승조)가 경솔하게로 오랑캐의 진영에 들어갔다는 등인(等因)이었습니다.

신(臣)이 생각하건대, 조종조(祖宗朝) 때의 공시(貢市)하던 오랑캐와 관련하여 만약 진무와 처치를 분별하지 않는다면 옥과 돌이 함께 타는 듯한 형국을 면치 못할 것입니다. 9월 9일 직접 무순소(撫順所)에 도착하여 본래 감금되었던 오랑캐 내가(乃哥)·소시(小厮)·매두(買頭) 3명을 석방하고 현존의 칙서(勅書)를 보여주었으나, 뜻밖에 돌려보내고 지방 특산물을 진상하는지라 각 오랑캐 추장들에게 황제의 명을 전하게 하였습니다. 다만 관군을 죽인 오랑캐를 포박해 바치고 이전에 사로잡은 우리 군사와 말은 있는 수대로 죄다 돌려보내고서 즉시 그 사실을 급히 보고하여 공손히 조정의 처분을 기다리도록 하였습니다. 이는 저들에게 있어서는 다시 공시(貢市)할 수 있게 될 것이고 안으로는 병사들을 쉬게 할 수 있으니, 나라의 체면과 변경의 수비에서 한 가지 일을 하고도 두 가지 편리함을 얻게 되는 일거양득인 것입니다.

이에 왕고는 스스로 웅장(雄長)이라 칭하면서 기꺼이 죄를 청하려 하지 아니하고 또 기회를 엿보아 침입해 약탈하였습니다. 9월 이후로 오늘은 청하(淸河)를 침범하고 그 다음날은 동주(東州)를 침범하고 그 다음날 또 회안(會安)·무순(撫順)을 침범하였으니, 침입하는 것이 없는 날이 없었습니다. 이는 조정(朝廷)이 죄인을 용서해 석방하는 사면의 문을 누차에 걸쳐 열어주었는데도 역적 추장이 온전히 살아남을 수 있는 길을 스스로 끊은 것으로 죄악이 꽉 차서 귀신과 사람이 모두 분개할 일이었습니다. 신(臣)들은 황제의 말씀을 삼가 받들어 날마다 더욱 근심하고 두려워하였습니다. 비록 그들과 함께 살지 않겠다는 마음을 품었을망정 마침 시대 상황이 진퇴양난의 때를 만나, 전군(全軍)을 다 동원하여 하동(河東)으로 내려가고자 하다가도 계진(薊鎭)에서 도움을 이미 기다리려 하면서 거듭 하서(河西)를 방비하지 못할까 염려하였고, 다시 기다려 천천히 도모하고자 하다가도 걱정거리를 더욱 깊게 키울까 이미 두려워하면서 또한 하동(河東)을 방비하지 못할까 염려하였습니다. 오랑캐의 침입에 대한 소식이 앞서거니 뒤서거니 한 것을 빌어 참작해 저들에게 이미 있는 허실을 추측해내고는 마지못해 어쩔 수 없이 군사를 동원하여 나갔습니다. 또 변경을 지키는 군졸들이 대부분 이웃한 오랑캐와 서로 결탁하여 모두 그들의 눈과 귀가 될까 염려스러웠습니다. 만일 기밀이 허술하여 누설되면 적이 유인하는 계략에 빠질 것이고, 혹 안배가 주밀치 못하면 패배를 자초할 뿐이며 또 혹 성을 공격하여 이기지 못하면 많은 군사들이 한갓 애만 쓴 꼴이 될 것이기 때문입니다.

왕대(王台)가 장차 가소롭게 여기면서 모반하려는 마음을 품었고, 북쪽 오랑캐[北虜: 몽골계 부족]도 기회를 틈타 대거 약탈하기로 계략을 세워 여러 오랑캐들을 선동하여 모든 진(鎭)에 재앙거리를 남기니, 지키고자 할진댄 출정한 지 오래된 군대의 물자를 허비할 것이고 싸우고자 할진댄 병사가 지쳐 사기가 저하될 것인데, 만에 하나 요새라도 그 기회에 소홀하여 잃으면 신(臣)들은 죽을 바를 알지 못할 것입니다. 다행히도 총병관 이성량의 군대가 당도했으나 적이 알지 못하고 있다가, 총병의 군대와 맞닥뜨리자 적이 즉시 무너졌습니다. 처음에 산 요충지에서 막아섰던 많은 적들이 패하여 흩어져 달아났고, 이어서 성 아래에 바싹 다그치자 굳건했던 성벽이 무너졌는데, 먼저 공격하여 몇 겹의 목책(木柵)을 무너뜨렸고 그 다음 공격하여 백 길이나 되는 돌담을 부수었으며 또 그 다음 공격하여 석대(石臺)를 넘어뜨렸고 가옥을 불태웠습니다. 적이 추격해 오자 또 군대를 되돌려서 퇴로를 막고 토벌하였는데, 소굴에 있던 자들은 이미 살아남은 이가 없었고 소굴 밖에 있던 자들은 감히 구원하지 못하니 추장의 머리와 오랑캐들의 머리를 참획한 것이 1,104과(顆)이었고 소와 말, 갑옷과 투구 등을 노획한 것이 1,000개를 헤아렸으며 오랑캐의 무기 등의 물건은 10,000개를 헤아렸습니다. 비록 내력홍이 아직도 사로잡히지 않았고 왕고의 생사도 확실하지 않습니다. 그러나 왕고는 오랑캐 우두머리로 세력이 강하고 해악이 컸으며 내력홍은 그 부하 오랑캐로 세력이 약하고 해악이 경미했습니다. 지금 왕고의 아들, 동생 왕태(王太) 등 5명이 참수 당하였으니 능히 배승조의 죽음을 보상할 수 있었고, 친당(親黨: 가까운 무리) 1,000여 명이 형벌을 받아 죽었으니 또한 능히 적에게 사로잡힌 군인들의 울분을 씻을 수 있었는데, 군대가 출정한 지 불과 8일 사이에 전공을 세워 10번 이상이나 승전했습니다.

왕대(王台)의 부락은 서로 돕다가 한쪽이 망하면 다른 한쪽도 위태로워지는 순망치한(脣亡齒寒) 격이 되어 간담이 서늘해지자 요동을 둘러싼 여러 추장들이 틈을 노리다가 음모를 중지하니, 동요(東遼: 遼源)가 살가죽을 벗길 만큼 다급한 근심으로부터 벗어날 수 있었을 뿐만 아니라 계문(薊門)도 이웃에 친 우레의 두려움으로부터 벗어날 수 있었습니다. 각 변경에서 공시(貢市)하는 여러 오랑캐들이 풍문만 듣고도 두려움을 알아 더욱 굳게 성심껏 정성을 바쳤으니, 진실로 우리 황상의 뛰어나신 무덕(武德)이 밝게 펼쳐진 것에 말미암는다고 운운하였습니다.

다시 살펴보건대, 변방의 일을 계획하며 안팎이 서로 편안하기를 기약하였는데, 오랑캐를 다스리기 위해서는 마땅히 진무(鎭撫)와 토벌을 병용해야 합니다. 진무만 하고 토벌하지 않으면 걱정거리를 키우는 것이 깊어지며, 토벌만 하고 진무하지 않으면 걱정거리가 급격하게 생기도록 할 것입니다. 지금 내력홍은 세력이 미약하여 이미 성채를 버리고 멀리 달아났습니다. 왕고는 처음에는 불길 속에 죽었다고 하였지만 나중에는 간신히 목숨만 건져 달아났다고 하는데, 아직 분명한 근거가 없으니 신(臣)은 감히 부화뇌동하고 경솔히 믿어서 훗날 임금을 속인 죄를 자초할 수 없었습니다. 조사를 기다려서 실정을 알아내고 따로 처리하겠습니다. 다만, 그 부락의 대동극(大疼克) 등은 이미 말 456필과 칙서(勅書) 256도(道: 통)에 대해 조사를 거쳤는데 평소에는 충성과 순종을 함께 바쳤고 관군을 죽이는 모의에는 처음부터 참여하지 않았습니다. 지금 또 군대 앞에 달려와서 말고삐를 잡고 사정을 말하였는데, 이는 많은 오랑캐들이 왕고에게 용서할 수 없는 죄가 있음을 알고서 그의 패배를 다행으로 여기는 것이고, 우리들이 명분 있는 군대임을 알고서 그 은혜에 감사하는 것이었습니다. 만약 공시(貢市)를 허용하지 않는다면 너무 심한 듯합니다. 이에 병부(兵部)의 복주(覆奏)를 받들어 황제의 교지[聖旨]대로 오랑캐들을 사로잡아 바치기를 기다렸다가, 이전에 피살된 우리 군사의 수가 적지 않고 상당하지만 본래 감금되었던 오랑캐들을 돌려보내고 곧 공시(貢市)를 허용함이 좋을 것입니다.

지금 오랑캐를 도륙한 수가 몇 갑절이 될 뿐만 아니라 무고한 오랑캐들을 일괄적으로 가로막기가 어렵습니다. 응당 몸 둘 곳이 없습니다만 신(臣)들은 오랑캐 대동극(大疼克)과 삼장(三章: 納森章인 듯) 등이 석방되기 전에 관문(關門)으로 떠난 오랑캐가 회대할 날을 기다렸다가 조정에서 차마 다 죽이지 못하는 마음을 선포하고 그들이 평소대로 공시(貢市)하러 들어온 것에 의거해 조종조(祖宗朝) 때 공시하던 오랑캐의 옛 전례를 보전하여 황제의 호탕한 크나큰 은혜를 널리 펴겠습니다. 여러 소속 오랑캐[屬夷]들이 반란의 싹을 틔우지 못하게 하여 변방의 사람들이 마음을 놓을 수 있도록 하고, 초소의 방비를 엄히 하여 잔존 오랑캐들의 보복을 막는 것과, 어루만지고 상주는 일을 참작하여 왕대의 의구심을 풀어주는 것과, 금지조항을 밝혀 관문의 사적 교류를 끊는 것에 있어서는 신(臣)들이 완급을 헤아려 사의(事宜: 사안)에 따라 처리하겠습니다. 그러나 감히 한때의 공을 바라고 선후지책을 소홀히 해서도 안 되며, 두 추장의 도주를 있고서 장래의 근심거리를 남겨서도 안 됩니다.

당시 적의 소굴이 막 평정된 때라 군무(軍務)가 한창 바빴습니다. 만일 미진한 구석이 있으면 응당 사안을 의논할 것이오니, 신(臣)들로 하여금 거듭 진정과 청원을 행할 수 있도록 용납해주신다면, 삼가 바라건대 병부(兵部)에 칙명을 내려 아울러 더 논의하도록 하고 신(臣)들에게 아뢴 대로 행하라 하시면 받들어 시행하겠습니다.

신(臣) 장학안이 삼가 생각하건대, 처음에 비장(裨將)이 잘못해 죽은 것은 실로 명령을 내린 것이 엄하지 않았기 때문이고 지금 오랑캐를 격파하는데 위엄을 떨친 것은 주장(主將)이 있는 힘을 다했기 때문이나, 얻는 것이 잃은 것을 보상할 수 없고 죄는 있되 공이 없으니, 어찌 감히 장수와 병사들의 목숨을 걸고 싸운 공로를 숨기고서 병을 평계로 공무를 수행하지 못한 허물을 속죄하겠습니까? 허물을 제 자신에게 돌이켜 견책을 기다리오니, 공경히 황명의 처분을 기다리옵니다.

신(臣)은 못내 황송하고 두려운 마음이 지극한 것을 이기지 못하고 황제의 교지를 받드니, 병부(兵部)에서 본 것으로 말하자면, 해당 병부의 제본(題本)에 「황제의 교지를 받드니, 짐(朕)이 어린 나이에 황위를 이어받아서 근래에 변경이 조용해진 것은 흉포한 자를 편안히 복종케 하고 거스르는 자를 반드시 베어 죽였기 때문이니, 무릇 이러한 무공(武功)은 어찌 짐의 부족한 덕으로 능히 이르게 한 것이랴? 실로 조종조(祖宗朝)의 여러 황제들께서 신령한 위엄을 떨친 바에 힘입어 능히 마침내 세울 수 있었던 것이니, 다시 예부(禮部)에 알려서 좋은 날을 골라 관리를 보내 태묘(太廟)에 고하고 나의 여러 성스러운 조상님[列聖祖]의 크나큰 은덕을 크게 드날리도록 할 것이며, 그 나머지는 모두 아뢴 대로 하라.」라고 하였습니다.

이를 공경히 받들어 해당 병부(兵部)가 거듭 논의한 것을 보니, '순무 요동 우부도어사(巡撫遼東右副都御史) 장학안은 재주가 처리하기 어려운 사건을 감당할 만하고 충심은 어려울 때에 정도를 지키는 데에 이로울 것인지라, 만약 그에게 묘당의 계책을 받들어 주선하게 하면 먼저 글을 지어 고하고 이어서 갑병(甲兵: 무장한 병사)을 일으켜 천자의 조정이 죄를 성토하여 토벌에 나섬이 세차다는 것을 드러낼 것이고, 만약 그에게 장수의 계책을 주어 군사를 독려하게 하면 나누어서는 기습하고 모여서는 정공을 가하여서 중국이 싸우면 반드시 이기고 공격하면 반드시 빼앗는 위력을 떨칠 것이로다. 만전의 원대한 계획이 실제로 이루어지고 천고(千古)의 위대한 공적이 빛이 나면 군공(軍功)으로 마땅히 특별히 서용(敍用)해야 하리로다.'라고 하셨습니다.

황제의 교지를 받드니, 「해당하는 진(鎭)에서 말을 받들어 그 죄를 성토하며 목을 베어 죽인 것이 수효가 많아 각 문무 장수와 병사들의 노고와 공적이 비상하니 짐(朕)의 마음이 기쁘고 대견하도다. 장학안은 변경의 관한 일에 마음을 다하여 여러 차례에 걸쳐 뛰어난 공적을 거두었으니 병부우시랑 겸 도찰원 우첨도어사(兵部右侍郎兼都察院右僉都御史)로 승진시키고 은(銀) 80냥과 대홍저사비어의(大紅紵絲飛魚衣) 1습(襲: 벌)을 상으로 내리고, 아들 1명을 음직(蔭職: 조상의 덕으로 하는 벼슬)으로 금의위(錦衣衛)를 주어 세습백호(世襲百戶)가 되도록 하고 이어서 칙유(勅諭)를 내려 장려하며 그전대로 순무(巡撫)로 있게 하라.」고 하셨습니다.

討平逆酋堅巢疏

題爲恪遵明旨, 仰伏天威, 討平逆酋堅巢, 恭報異常大捷事。

萬曆[1]二年十月十四日, 據分守[2]遼海東寧道參議[3]翟繡裳[4]呈[5],
本年十月十三日, 據坐營中軍陳可行差夜不收[6]馮景陽齎執火牌[7]
內稱, 案照[8], 本年七月中, 建州[9]酋首王杲[10]主謀, 在來力紅寨內,

---

1) 萬曆(만력): 명나라 13대 황제 神宗의 연호(1573~1619).
2) 分守(분수): 一路를 獨鎭하는 것. 참고로, 一方을 總鎭하는 것을 鎭守라 하고, 一
   城이나 一堡를 각기 지키는 것은 守備라 하고, 主將과 더불어 같이 一城을 지키
   는 것은 協守라 한다.
3) 參議(참의): 민정, 재정 담당만을 담당하는 承宣布政使司의 관직. 이에는 左右布
   政使, 左右參議, 左右參政 등의 정관이 있었다. 참고로, 사법, 재판, 감찰 담당의
   提刑按察使司는 按察司라고 약칭하였는데 按察使, 副使, 僉使 등의 정관을 두었
   으며, 군사담당의 都指揮使司는 都司로 약칭하였는데 衛所를 관장하였다.
4) 翟繡裳(적수상): 명나라 세종 때의 관리. 1562년 진사가 되었다. 翟綉裳으로도
   표기되고 있다.
5) 呈(정): 呈文. 하급 관아에서 동일한 계통의 상급 관아로 올리는 공문.
6) 夜不收(야불수): 軍衆에서 정탐하는 일을 맡은 군. 한밤중에 활동하기 때문에 이
   렇게 부른다.
7) 火牌(화패): 중국에서 사용하던 符信의 일종. 관리들이 공무로 길을 떠날 때 휴
   대하는 통행증으로서, 이를 제시하면 어디서나 역말이나 식량 등을 공급받을 수
   있었다. 중앙에서 지방에 공문을 遞送할 때 병부에서 발급하던 일종의 證票인
   셈이다. 火票라고도 한다.
8) 案照(안조): 살펴 보건대. 案査보다 약간 겸허한 뜻을 보여주는 것이며, 참고로
   案據는 서류철에 의거한다는 뜻이다.

殺死撫順11)管備御裴承祖・千總12)劉成奕13), 又殺虜14)軍士二百餘名。蒙撫鎭會題15), 兵部覆議移咨16), 撫鎭宣布王台17), 將造謀王杲・來力紅正身18), 綁獻關下。併作歹夷人, 與殺死軍數, 務要相當, 若執迷不悛, 會調精强兵馬, 或以正兵19)搗其巢穴, 或出奇兵20)擒其首惡21), 務使罪人斯得, 國威可伸。奉聖旨:「這事情, 着張學顏22)・李成梁23), 相機處置, 欽此24).」, 該臣遵照題25)奉欽依26)事

---

9) 建州(건주): 중국 만주 吉林 지방의 옛 이름. 黑龍江 동남부의 綏芬河 근처로 추정된다.

10) 王杲(왕고, ?~1575): 명나라 말기의 건주여진족 두령. 성은 喜塔喇, 이름은 阿古, 출생지는 古勒寨. 청나라 태조 누르하치의 외조부이다. 관직은 建州右部都督을 지냈다. 만력 3년(1575) 李成梁이 군대를 이끌고 건주를 공격했을 때, 그는 사로잡혀 북경에 능지처참되었다. 그의 아들 阿台는 탈출했지만 그 후 그의 부하들에 의해 살해되었다.

11) 撫順(무순): 중국 북동부 遼寧省 중앙에 있는 도시.

12) 千總(천총): 명나라 초기에 도성에 있는 營門의 장교.

13) 劉成奕(유성혁): <備禦輕入夷營被害疏>에서는 把摠 劉承奕으로 되어 있어 오기로 보이나, 여기서 千總으로 되어 있어 다른 인물인지 판단하기 어려움.

14) 殺虜(살로): 죽이거나 사로잡음.

15) 題(제): 題奏. 公事를 글로 써서 아뢰는 것. 황제에게 아룀.

16) 移咨(이자): 咨文을 보냄. 자문은 중국과 왕래하던 외교문서의 하나로 국왕의 명의로 燕京과 瀋陽의 六部와 동등한 관계에서 보냈던 문서이다.

17) 王台(왕대, 1548~1582): 海西女眞 哈達部의 수장 萬汗을 명나라에서 부르던 말.

18) 正身(정신): 장본인. 당사자.

19) 正兵(정병): 陣勢를 펼쳐서 정면에서 작전하는 군대를 지칭. 正兵術, 奇兵術, 伏兵術 등 세 가지가 있다.

20) 奇兵(기병): 전쟁에서 기이한 꾀를 써서 갑자기 적을 치는 군대.

21) 首惡(수악): 못된 짓을 한 사람들의 우두머리.

22) 張學顏(장학안, ?~1598): 명나라 神宗 때의 명신. 자는 子愚, 호는 心齋. 廣平 肥鄕(現 河北省 邯鄲地區 肥鄕縣) 사람이다. 嘉靖 32년(1553) 進士가 되었으며, 薊州 兵備副使・遼東巡撫・戶部尙書・兵部尙書 등을 지냈다. 萬曆 初에 建州王杲가 침

理會行²⁷⁾。鎭守李成梁, 於十月初二日, 統領²⁸⁾中軍選鋒家丁²⁹⁾把
總³⁰⁾官軍, 赴撫順所, 相機防撫。初七日, 駐洪章屯, 道中以俟哨

범하자 李成梁과 함께 그를 격파하였다. 저서로는 ≪會計錄≫・≪淸丈條例≫ 등
이 있다.

23) 李成梁(이성량, 1526~1615): 명나라 말의 將令. 자는 汝契, 호는 引城. 遼寧省 鐵
    岭 출신이다. 조선인 李英의 후예로 遼東의 鐵嶺衛指揮僉事의 직위를 세습해 왔
    다. 1570년~1591년 연간과 1601년~1608년 연간 두 차례에 걸쳐 30년 동안 遼
    東總兵의 직위에 있었다. 이 기간에 그는 軍備를 확충하고, 建州女眞 5部, 海西女
    眞 4部, 野人女眞 4部 등으로 나뉘어 있는 여진의 부족 갈등을 이용하면서 遼東
    지역의 방위와 안정에 크게 기여하였다. 1573년 寬甸(遼寧省 丹東) 등에 六堡를
    쌓았으며, 1574년 女眞 建州右衛의 수장인 王杲가 遼陽과 瀋陽을 침공해오자 이
    들의 근거지인 古勒寨를 공격해 물리쳤다. 그리고 建州左衛 女眞을 통제하기 위
    해 首長인 塔克世의 아들인 누르하치[努爾哈赤, 청 태조, 1559~1626]를 곁에 억
    류해 두었다. 1580년 이성량의 공적을 치하하는 牌樓가 皇命으로 廣寧城(遼寧省
    錦州)에 세워질 정도로 그는 明의 遼東 방위에 큰 공을 세웠다. 1582년 王杲의
    아들인 阿台가 다시 군사를 일으키자 古勒寨를 공격해 1583년 함락시켰다. 하지
    만 이 전투에서 이미 明나라에 歸附했던 누르하치의 아버지와 할아버지인 塔克
    世와 覺昌安도 阿台를 설득하기 위해 古勒寨에 들어갔다가 明軍에게 살해되었다.
    이 사건은 누르하치의 불만을 샀고, 1618년 그가 明과의 전쟁을 선포하며 발표
    한 이른바 '七大恨'의 첫 번째 항목으로 꼽혔다.
24) 欽此(흠차): 公文에서 황제의 말을 인용하는 끝에 쓰이는데, 명령을 삼가 받들라
    는 뜻임. 敬此도 쓰인다.
25) 題(제): 題本. 중국 明・淸 시대에 兵・刑・錢穀・지방 사무 등 모든 公事에 관
    해서 황제에게 올리는 문서.
26) 欽依(흠의): 황제의 명령에 따라 시행함. 여기서는 聖旨를 가리킨다.
27) 會行(회행): 行會. 관아의 우두머리가 조정의 지시와 명령을 부하들에게 알리고
    그 실행 방법을 의논하여 정하기 위하여 모이던 일.
28) 統領(통령): 통할하여 거느림.
29) 家丁(가정): 관원이나 장수에게 소속된 하인이나 사적 무장 조직. 將領에게 소속
    된 정식 군대 외에 사적 조직으로 만들어진 최측근 친위 정예 부대를 일컫기도
    하였다.
30) 把總(파총): 명나라 때 하급무관의 직명.

報, 隨賊向往。初八日, 移駐瀋陽31)鐵場, 楊副總兵移駐鄧良屯, 清
河32)遊擊王惟屛33)調駐馬根單34), 各犄角35)聯絡36)。初九日, 曹簠
追賊, 斬獲首級四顆。初十日, 據丁佋報, 賊三千餘騎從五味子衝
進入。李總兵傳調37), 各設伏兵馬, 四集合營, 分爲八路, 列一字
陣38), 迎鋒直進。前賊四散, 奔入王杲寨內, 乘城拒守。李總兵分
布, 副總兵楊騰帶領遊擊丁佋幷中軍千把總凌雲‧高延齡等十餘員
在南方, 參將39)曹簠‧遊擊王惟屛等二十餘員在西。李總兵領中軍
千把總陳可行等十餘員居中, 爲一字陣, 仍以選鋒千把總劉崇等二
十餘員, 爲二字陣40), 專防援兵待戰, 千把總李蕚等十餘員, 列一大
營, 專爲外應。分布已定, 又申諭各官兵, 奮力攻打, 務期城破, 盡
滅此賊, 如稍退怯, 卽斬以殉, 城破之時, 如遇漢人, 不許妄殺。遂

---

31) 瀋陽(심양): 중국 遼寧省의 省都.
32) 淸河(청하): 淸河堡. 명나라 때 遼東의 중요 요새.
33) 王惟屛(왕유병): 許筥(1551~1588)의 <朝天記>에 의하면, 淸河堡의 守堡官임.
34) 馬根單(마근단): 馬根單堡. 명나라가 建州女眞을 비롯한 여진 세력의 공격을 대비
    해 東州堡‧淸河堡 등과 함께 遼東邊墻 방어선을 구축한 것. 일종의 국경선에
    해당하였다.
35) 犄角(의각): 犄角之勢. 掎角之勢. 사슴을 잡을 때 사슴의 뒷발을 잡고 뿔을 잡는
    다는 뜻으로, 앞뒤에서 적을 몰아침을 비유적으로 이르는 말.
36) 聯絡(연락): 連絡. 이어짐.
37) 調(조): 調兵. 군대를 이동함. 군대를 동원함.
38) 一字陣(일자진): 전투에서 사용하는 陣法의 하나로 '一' 자 모양으로 좌우로 길게
    늘어선 陣形. 一字長蛇陣‧橫列陣이라고도 한다.
39) 參將(참장): 명나라와 청나라 때 변경과 요지를 지키던 무관의 품계. 명나라 때
    는 總兵, 副總兵 지휘 아래에 있었고, 遊擊‧守備‧把總 등을 지휘하였다.
40) 二字陣(이자진): 二字方形陣. 한자 '二'의 형태로 곡선 배치하는 진법.

用火炮·火鎗·火箭打放, 諸軍繼進, 先斫開木柵數層, 攀緣[41]蟻
附直上, 斫破城堞。賊酋矢石如雨, 極力拒堵, 我兵不避鋒鏑, 四面
攻圍, 于志文·秦得倚·塗廣·熊朝臣·王朝卿等首先登城, 獨陷
東北角, 千總高雲衢·王守道·蔣國泰, 把總朴守眞·彭國珍等攻
打南面, 亦卽傾陷[42]。官軍遂四面斫入, 各賊一擁拒戰, 官軍奮勇
剿殺。內仍有高闊大臺一座, 精兵達賊[43]三百餘名, 俱趨臺上射打,
官兵環攻愈力, 良久亦陷。首級盡行割取, 共斬一千餘顆, 并得獲
馬匹·夷器。火箭飛起, 焚燒積草房屋[44], 烈燄蔽天, 將王杲等住
房約有五百餘間燒盡。其達賊壓燒數多, 首級不及割取。隨有寨外
王杲部賊聚集無數, 沿山吹掌海螺, 來奔救援。李總兵復督率前項
將領官軍, 迎鋒敵斫, 賊俱騰山鑽林, 就陣。斬獲首級百餘顆, 得獲
達馬·夷器等件, 廬室悉焚, 巢壘蕩平。總計內外斬獲首級共一千
一百四顆, 得獲達馬共四百二十三匹·牛一百二隻·盔五百四十三
項·甲四百三十九副·夷器等件。至酉時[45], 分收兵, 進境。

十六日, 又據陳可行報稱, 李總兵回兵之時, 王杲鄰寨夷人大疼
克·三章[46]等約有四五百, 在山坡環跪, 口稱: '王杲等殺官, 他自
尋死[47], 又將我衆達子[48], 攔阻要殺, 不許近關。因他人衆勢强, 不

---

41) 攀緣(반연): 휘어잡고 의지하거나 기어 올라감.
42) 傾陷(경함): 함몰함. 붕괴함.
43) 達賊(달적): 몽고족을 이르는 말.
44) 房屋(방옥): 건물. 가옥.
45) 酉時(유시): 오후 5시부터 7시까지.
46) 三章(삼장): ≪淸史稿≫<王兀堂傳>의 納森章인 듯.

能執獻。今馬法[49]不殺別寨一箇人，不動我寨邊一根草，只殺了他寨內父子親枝[50]。是天開了眼，替我眾達子除害，哀告馬法，將監的達子放出，奏知皇爺[51]，准我們貢市。如我眾達子有作歹的，馬法也照王杲平了他巢穴，死也無怨.'等語。臣以王杲死生未的，先卽差人行查。

十七日，又據遊擊丁傲揭報，聞得王杲同一小達子跑出，不知實否，候再查的另報，等情[52]。

各到臣。據此，除斬獲首級，行該道呈，送巡按衙門，紀驗[53]明白，有功首從人員，量犒銀牌花紅，陣亡被傷人員，俱給棺木・湯藥・銀兩・馬匹・夷器等項，給賞隨營官軍外，案照，先准兵部咨，爲備禦[54]輕入夷營，等因。

臣念係祖宗貢夷，若不分別撫處，不免玉石俱焚[55]。因於九月

---

47) 自尋死(자심사): 自尋死路. 스스로 죽을 길을 찾음. 스스로 파멸을 초래함.

48) 達子(달자): 서북변 오랑캐라는 뜻으로, 명나라에서 몽골족을 일컫던 말.

49) 馬法(마법): 建州衛 직명. 褊裨의 호칭인 듯하다. 대장을 보좌하며 소속 부대를 지휘하던 무관직 副將을 일컫는다.

50) 親枝(친지): 親支. 친족과 지파. 支派는 맏이가 아닌 자손에서 갈라져 나간 파를 이른다.

51) 皇爺(황야): 봉건사회의 황제 칭호.

52) 等情(등정): 보고서를 마감하는 套式語. '등의 내용'이라는 말이다.

53) 紀驗(기험): 공로의 차례를 검증하여 기록한 것.

54) 備禦(비어): 吏文의 용어로, 하나의 성이나 보루를 외롭게 지키는 자. 守備備禦라고 하였다.

55) 玉石俱焚(옥석구분): 옥과 돌이 함께 불탐. 선과 악이 구분되지 않고 함께 멸망을 당하고, 좋은 것과 나쁜 것이 함께 희생되는 것을 비유하는 말이다.

初九日，親到撫順所，將原監夷人乃哥·小廝·買頭三名放出，示以見存勅書，却回已進方物，令傳諭各酋。但將殺官下手夷人綁獻，及將原虜軍士馬匹盡數送還，卽准馳奏，恭候朝廷處分。在彼，得以復貢，在內，得以休兵[56]，國體邊防一舉兩便。

迺王杲自稱雄長[57]，不肯請罪，又乘隙入搶。九月以來，今日犯清河，明日犯東州，明日又犯會安·撫順，入寇更無虛日。是朝廷屢開赦宥之門，逆酋自絶生全之路，罪惡貫盈[58]，神人共憤。臣等恭捧綸音[59]，日增憂懼。雖懷不與俱生之心，適值時勢兩難之會，欲悉師東下，旣欲待援薊鎭，復恐失備河西，欲再俟緩圖，旣恐養患愈深，且恐河東失守。因酌量[60]虜報後先，揣度[61]彼已虛實，萬不得已，發兵前去。又慮戍卒多，與交通鄰夷，皆其耳目。若使機事不密，墮賊誘謀，或調度不周，自取失利，又或攻城不克，大衆徒勞。

王台將竊笑以啓叛心，北虜[62]亦乘機，以謀大掠，煽動諸夷，遣殊全鎭，欲守則老師[63]費財，欲戰則兵疲氣懦，萬一城堡[64]因而踈

---

56) 休兵(휴병): 군사에게 적당한 휴식이나 휴가를 주어 사기를 돋움.
57) 雄長(웅장): 한 지역의 패권을 잡은 사람.
58) 罪惡貫盈(죄악관영): 죄악이 찰대로 가득 차서 마치 돈이 꿰미의 마지막까지 가득 찬 것에 비유한 것.
59) 綸音(윤음): 임금의 말씀.
60) 酌量(작량): 참작함.
61) 揣度(췌탁): 추측함.
62) 北虜(북로): 북쪽 오랑캐. 여기서는 만리장성 북쪽에 있는 몽골계 부족을 가리킨다.

失，臣等不知死所矣。所幸，總兵官李成梁兵到而賊不知，兵遇而賊卽潰。初禦於山衝而大衆披靡，繼薄於城下而堅壁立傾，先攻毀木柵數層，次攻破石墻百丈，又次攻倒石臺，焚絶房屋。及賊來追，又旋兵堵剿[65]，在巢者已無噍類[66]，在外者不敢救援，斬獲酋首及夷首一千一百四顆，獲馬牛盔甲以千計，夷器等件以萬計。雖來力紅尙未成擒，王杲死生未的。然王杲係酋長，勢强而害大，來力紅係部夷，勢弱而害輕。今杲之子，弟王太等五人授首[67]，足以抵裴承祖之死，親黨一千餘名伏誅，亦足以洩被虜軍人之憤，兵出不過八日之間，功成迨踰十捷之外。

　王台部落以唇亡[68]而喪膽，環遼諸酋以觀釁[69]而寢謀，不但東遼[70]免剝膚之憂，卽薊門[71]亦可免震鄰之恐。各邊貢市諸夷，當聞風知懼，而益堅納款之誠，良由我皇上神武布昭，云云。

　再照，籌邊[72]期內外相安，禦夷當撫剿並用。撫而不剿則養成之患深，剿而不撫則激成之患速。今來力紅勢微力弱，旣棄寨遠

---

63) 老師(노사): 출정한 지 오래된 군사.

64) 城堡(성보): 적을 방비하기 위하여 성 밖에 임시로 만든 소규모 요새.

65) 堵剿(도초): 달아나는 길을 막고 토벌함.

66) 噍類(초류): 살아남은 사람.

67) 授首(수수): 투항하거나 목이 잘림.

68) 唇亡(순망): 脣亡齒寒. 입술을 잃으면 이가 시리다는 뜻으로, 가까운 사이의 한쪽이 망하면 다른 한 쪽도 그 영향을 받아 온전하기 어려움을 이르는 말.

69) 觀釁(관흔): 기회를 엿봄. 틈을 노림.

70) 東遼(동요): 遼源. 중국 吉林省 남서부의 西平 지구에 있는 지명.

71) 薊門(계문): 중국 河北省 北平市 德勝門 밖으로 옛날 변방의 요충지임.

72) 籌邊(주변): 변경의 일을 계획함.

逃。王杲先報死於火中，後報僅以身免，尙無的據，臣不敢雷同遽
信，以取他日欺罔之罪。候查，得實，另處。但其部落大疼克等已
驗過馬四百五十六匹・勅書二百五十六道，平時俱效忠順，殺官原
不與謀。今又匐匐[73]軍前，叩馬陳乞，是衆夷知杲有不赦之罪而幸
其敗，知我爲有名之師而感其恩。若通不准貢市，似爲已甚。況奉
部覆，欽依，候執獻夷人，與原被殺軍士相當，將原監夷人遣回[74]，
卽准貢市。

　　今剿殺之數，不啻數倍，而無辜夷人，難以一槪阻絶。合無容，
臣等，俟夷人大疼克・三章[75]等將放出前夷赴關回話[76]之日，宣布
朝廷不忍盡殺之心，准其照常入貢，以全祖宗貢夷之舊典，以廣皇
上浩蕩之宏恩。庶屬夷不起叛萌，邊人得以安堵，至於嚴哨備以防
殘夷之報復，酌撫賞[77]以釋王台之疑懼，明禁例[78]以絶關隘之私交，
臣等酌量緩急，從宜處置。不敢幸一時之功，以忽善後之策，不敢
忘二酋之竄，以貽將來之憂。

　　時賊巢初平，戎務方劇。如有未盡，應議事宜，容臣等再行陳請，
伏乞勅下兵部，併加議，擬行臣等，遵奉施行。

---

73) 匐匐(복포): 匐匐. 엎어지고 자빠지면서도 급히 감.
74) 遣回(견회): 遣返. 돌려보냄. 송환함.
75) 三章(삼장): 《淸史稿》<王兀堂傳>의 納森章인 듯.
76) 回話(회화): (주로 인편을 통해서 보내는) 대답.
77) 撫賞(무상): 正賞. 京師에 도착한 來朝者 전원에게 신분에 따라 채단과 絹, 紵紗
　　등을 賜給함을 가리킴. 여진의 服屬에 대한 종주국의 返禮를 의미하는 것이다.
78) 禁例(금례): 금지 조항.

臣學顏竊念, 始而裨將誤殞, 實因申令不嚴, 今而破虜伸威, 悉由主將效力, 得不償失, 有罪無功, 豈敢掩將士血戰之勞, 以自贖瘝曠之咎? 反躬待譴, 恭候聖明處分.

臣無任[79]隕越惶懼之至, 奉聖旨: 兵部看了來說, 該兵部題:「奉聖旨, '朕以冲年嗣位, 近來邊境寧謐[80], 强梁者綏服, 干犯者必誅, 凡此武功, 豈朕之凉德[81]所能致? 實賴我祖宗列聖威靈之所震蕩, 克遂有成, 還着禮部擇日, 遣官告於太廟[82], 用丕揚我列祖之洪庥, 其餘俱依擬.」

欽此, 該兵部覆議看得, '巡撫遼東右副都御史[83]張學顏, 才堪盤錯[84], 忠利艱貞[85]. 奉廟算以周旋, 則先之文告, 繼之甲兵, 彰天朝聲罪致討[86]之烈, 授將謨以督發, 則分而爲奇, 聚而爲正, 震中國戰勝攻克之威. 訏謀[87]實得於萬全, 偉績有光於千古, 功當特敍.'

---

79) 無任(무임): 견디지 못함.
80) 寧謐(영밀): 평온함.
81) 凉德(양덕): 薄德. 덕이 없음.
82) 太廟(태묘): 역대 황제와 황비의 위패를 모시던 황실의 사당.
83) 都御史(도어사): 중국 명나라・청나라 때 都察院의 장관. 도찰원은 모든 벼슬아치의 非違를 규탄하고 지방행정의 감찰을 맡아보던 관청이다. 명나라 洪武 14년 (1372) 御史臺를 고쳐서 도찰원이라 하고, 다음 해에 左右都御史, 左右副都御史 등을 설치하였는데, 청나라도 대체로 여기에 따랐다.
84) 盤錯(반착): 서린 뿌리와 얼크러진 마디란 뜻으로, 매우 처리하기 어려운 사건이란 의미임.
85) 艱貞(간정): 군자가 소인에게 해침을 당하는 어려운 때를 만나 정도를 굳게 지키는 것. ≪周易≫<明夷卦>에 "명이는 어려울 때에 정도를 지킴이 이롭다.(明夷, 利艱貞.)"고 하였다.
86) 聲罪致討(성죄치토): 죄를 널리 알리고 징벌함을 이르는 말.

奉聖旨,「該鎭奉辭討罪, 斬馘數多, 各文武將士勞績殊常, 朕心嘉悅。張學顔盡心邊務, 屢獲奇功, 陞兵部右侍郎兼都察院[88]右僉都御史, 賞銀八十兩・大紅紵絲飛魚衣一襲, 廕一子錦衣衛[89], 世襲百戶, 仍賜勅奬勵, 照舊巡撫.」

<hr>

87) 訏謨(우모): 원대한 계획.
88) 都察院(도찰원): 명나라 중앙정부의 감찰기관. 또한 관리의 임무 수행능력을 평가하기도 하였다. 정2품의 左右都御史, 정3품의 左右副都御史, 정4품의 左右僉都御史, 정6품의 經歷(도찰원의 기록을 담당), 정7품의 監察御史(실제 감찰을 수행하는 관리), 종7품의 照磨(도찰원의 서기)로 구성되었다.
89) 錦衣衛(금의위): 명나라 禁衛軍의 하나. 황제의 호위와 궁정의 수호를 맡았다.

전쟁이 끝난 후에 포로를
바치는 일에 대한 주소

황제 폐하의 위엄에 힘입어 사로잡혔다가 주살을 피해 달아났던 역적 오랑캐 추장의 일을 쓰나이다.

올해 8월 15일 병부(兵部)의 자문(咨文)에 의하면, 해당 신하들이 모여 이전의 일에 대해 아뢴[題奏] 것을 본 병부가 거듭 논의하였는데, 건주(建州)의 오랑캐들에게 영락(永樂: 1403~1434) 초기부터 건주위(建州衛)를 개설해 분봉(分封)하고 관작(官爵)을 주어 조정에 조공을 바치도록 해서 우리 소속 오랑캐로 삼았으니, 대대로 나라의 은혜를 받되 변경의 울타리[藩屏]가 되게 한 것이었습니다. 그런데 오직 이 역적 오랑캐 추장 왕고(王杲)만은 운운하기를, '감히 우리의 장령(將令)들을 살해하고 우리의 군사들을 구류하여 죄악이 꽉 찼으니 그 죄가 용서할 수 없는 지경에 이르렀다.'고 하였습니다.

다행히도 총독(總督)과 진순(鎭巡)의 여러 신하들이 삼가 묘당(廟堂)의 계책을 받들어 각 도(道)의 장령들을 단속하고 독려하였습니다. 먼저 공시(貢市)하는 오랑캐를 인질로 잡아 구류시키고서 그 가

솔들로 하여금 추적하여 찾도록 날마다 재촉했기 때문에 왕대(王臺)를 성채 안으로 몰아넣을 수 있었고, 이어서 나라의 은혜를 널리 알려 왕대로 하여금 억류시킨 이들을 바치게 하여 다가왔을 때 마침내 그를 개원(開原) 경계 지점에서 사로잡았습니다. 우두머리가 붙잡혀 화란의 근원이 이미 제거되었으니, 중화(中華)의 위엄을 크게 펴고 귀신과 사람이 모두 분개한 일을 씻어낸 것이었습니다.

마땅히 하명하시기를 공손히 기다렸다가 해당 진(鎭)으로 하여금 오랑캐 추장 왕고를 형틀에 채워 경사(京師)에 보내도록 하였습니다. 본 병부(兵部)의 자문(咨文: 공문서)을 예부(禮部)에 보내어 좋은 날을 택해 의식을 갖추도록 하고, 더불어 형부(刑部)에도 보내어 형벌을 의논하고 포로를 바치는 의식[獻俘之典]을 거행토록 하였습니다. 이에, 공물(貢物)을 진상하는 변경의 관문 지역에 왕고의 머리를 걸어 두어 원흉은 반드시 죽는다는 것을 보이고 장래의 경계로 길이 삼고자 한다는 등인(等因)이었습니다.

황제의 교지[聖旨]를 받들건대, 「저 역적 추장을 사로잡아 화란의 근원을 제거하고 형틀을 뒤집어씌워 경사(京師)로 보내어 포로를 바치고 법을 바로잡았다. 장학안(張學顏)이 역적 오랑캐를 사로잡기 위해 세운 계획은 충성과 지략을 함께 보인 것이니 은 30냥과 저사(紵絲) 겉감과 안집 2벌을 상으로 내리고 그 나머지는 모두 아뢴 대로 하노니 이를 삼가 받들라.」 하였습니다. 황제의 명을 받들어 자문(咨文)을 갖추어서 신(臣)에게 보내왔습니다.

신(臣)은 곧바로 대궐을 향해 머리를 조아리고 공손히 황제의 은혜에 사례하는 외에, 조사해 진상을 알아보건대[査得] 역적 왕고가 7월 17일에 잡혀 광녕(廣寧)으로 압송되어 왔습니다. 신(臣)은 즉시 분순 병비첨사(分巡兵備僉事) 장자인(張子仁)을 보내어 본부의 오랑캐 우두머리를 거느리고 왕고가 침범한 사정과 죄상을 조사해 주문(奏文: 황제께 아뢰는 글)을 갖추는 데에 증거로 삼았습니다.

그러고 나서 뒤따라 해당 도(道)의 정문(呈文: 보고 공문)에 의거하고 동지(同知) 두문(竇文)이 올린 보고서[申呈]에 의거해 자세히 알아보니, 오랑캐 추장 왕고는 나이가 47세로 건주 우위 도지휘사(建州右衛都指揮使)에 임명되어 지내는 동안 변경에 있으면서 침범해 약탈하였는데, 공시(貢市)를 혁파해 없애버릴까 염려하여 본명 왕고를 고쳐서 과작몽(科勺朦)으로 짓고는, 부하 오랑캐로 하여금 왕고가 칙서(勅書)를 구하여 이름을 사칭해 조공을 바치도록 하였습니다.

또한 평소에 북쪽 오랑캐[北虜]와 번한(番漢)의 언어와 자의(字義: 글자의 뜻)에 능통하였고 또 운명과 운수의 길흉을 잘 점친 것을 인하여, 잘난 체하며 강포함을 믿고서 건주의 여러 추장들의 병마(兵馬)를 모두 거두어들이고 부하들을 모두 휘하에 따르도록 하고는, 여러 차례 요동 지방을 쳐들어와 약탈하였습니다. 가정(嘉靖: 1522~1566) 36년(1557) 10월 12일 무순(撫順)의 국경을 침범하여 비어(備禦) 팽문수(彭文洙)를 죽였습니다. 37년(1558) 2월 30일 동주(東州)의 국경을 침범하여 제조(提調) 왕삼접(王三接)·파총(把總) 왕수렴(王守

廉)·수보(守堡) 추국진(鄒國珍)을 죽였으며, 3월 22일 회안보(會安堡)를 침범하여 파총(把總) 장주병(張住幷)·비어(備禦) 왕세적(王世勣)의 차남 왕공(王貢) 등 11명을 죽였으며, 7월 21일 위령영보(威寧營堡)를 침범하여 공격해 함락시키고 수보(守堡) 원록병(袁祿幷)과 남녀 315명을 죽였으며, 8월 27일 무순을 침범하여 남녀와 만조용(萬朝用) 등 192명을 죽였고 남녀와 송필(宋弼) 등 173명을 사로잡아 갔고 남녀와 반강(潘剛) 등 101명을 불태워 죽었고 누대(樓臺) 2좌(座)와 집 60칸을 불태워 없애버렸으며, 9월 18일 일도장(一堵墻)을 침범하여 제조(提調) 이송(李松)과 수보(守堡) 강공(康貢) 등 수십 명을 죽였습니다. 40년(1561) 날짜는 기억 못하지만 백애자(白崖子)를 침입해 요양 파총(遼陽把總)의 천호(千戶) 탕란(湯欒)과 백호(百戶) 우란(于欒)을 죽였습니다. 41년(1562) 5월 28일 탕참(湯站)을 침범하여 부총병(副總兵) 흑춘(黑春)·파총(把總) 전경(田耕)·유일명(劉一鳴)·지휘(指揮) 진기학(陳其學)·대면(戴冕)을 죽였습니다. 42년(1563) 날짜를 잊어버렸지만 요양(遼陽)의 국경을 침범하여 지휘(指揮) 왕국주(王國柱)와 양오미(楊五美)를 죽였습니다. 44년(1565) 5월 26일 또 고산(孤山)을 침입하여 수보(守堡)의 지휘(指揮) 이세작(李世爵)을 죽였고 그 나머지 죽이거나 사로잡은 병마와 가축이 매우 많아 그 수를 헤아릴 수가 없었습니다. 융경(隆慶: 1567~1572) 6년(1572) 8월 12일 무순소(撫順所)의 만예둔(萬銳屯)을 침범하여 지휘(指揮) 왕중작(王重爵)·왕환(王宦)·강진(康鎭)·주세록(朱世祿) 등 85명을 죽였고 군영으로 돌

아오다가 사망한 자가 악주주(岳州柱) 등 35명이었으며 남녀 200여
명을 사로잡았습니다. 만력(萬曆: 1573~1619) 2년(1574) 7월 19일 또
무순 유격관 비어사(撫順遊擊管備禦事) 배승조(裴承祖)·파총(把總) 유
승혁(劉承奕)·관대 백호(管隊百戶) 유중문(劉仲文)을 꾀어내어 죽인
뒤 배를 가르고 심장을 도려내었으며, 또한 군인을 죽였으며, 투구
와 갑옷과 말 등까지 해서 모두 276명을 사로잡아 갔습니다. 또
올해 9월 이후로 날짜는 같지 않으나 남녀와 이당아(李當兒) 등 64
명을 약탈해 갔고 군여(軍餘: 軍籍 미취득 군인) 김두(金斗) 등 7명을
죽였습니다.

순무 도어사(巡撫都御史) 장학안과 진수(鎭守) 총병관(總兵官) 이성
량이 아뢰어 분부 받은 것을 공경히 따라 군사를 모아서 10월 10
일에 왕고의 성채(城寨)를 격파하였지만, 왕고는 또 미리 알고 달아
났습니다. 만력 3년(1575) 2월 사이에 또 무리를 모아 쳐들어와서
노략질하며 보복하였습니다. 무진(撫鎭)에서 때마침 조(曹: 曹簠) 부
총병(副總兵)을 보내어 조용히 가정(家丁: 친위 정예부대)을 차출해 비
밀리 변경 밖으로 나가 포위하고 섬멸하게 하였는데, 왕고는 용의
무늬가 수놓인 융복[蟒褂]과 붉은 갑옷을 친한 오랑캐 아합납(阿哈
納)에게 주어서 왕고인 것처럼 속여 살길을 찾게 하고, 왕고도 탈
주하였습니다. 왕고는 중고로(重古路)의 성채 안에 이르러 자신의
운명을 점쳐보니 죽을 운수에 해당되지 않은지라, 동쪽으로 가서
말 몇 마리와 담비 가죽·포단(布段) 등을 수습해 북쪽 오랑캐 속

파해(速把亥)와 토만(土蛮)의 영채에 투신하고자 달자(達子: 몽골족)들을 꾀어 끌어들여서 요동(遼東)을 크게 침략해 보복하였습니다.

듣건대, 무순관장(撫順關將)이 공시(貢市)하는 오랑캐를 인질로 잡아 구류시켜 놓고 왕고를 찾아내어 체포하려 하였습니다. 이때 왕고는 문득 해서(海西) 오랑캐 우두머리 왕대(王台)와 평소 맺은 교분이 서로 두터웠던 것이 생각나서 많은 군사와 튼튼한 말을 이끌고 잠시 왕대의 영채에 맡겼다가 북쪽 오랑캐에게 보내려 하였습니다. 그러나 왕대는 무진(撫鎭)에서 개원(開原)으로 가는 하 병비(賀兵備)와 당 참장(唐叅將)을 만나고서 왕고를 색출하겠다고 선포하였습니다. 관군들이 자신의 소굴을 공격할까 염려하여 왕대가 7월 4일에 아들과 함께 호아합(虎兒哈)에서 석삼마두(石三馬頭)로 가 왕고를 사로잡으려고 변경 밖에 이르렀을 때, 하 병비(賀兵備) 등이 관군을 차출하여 변경으로 나가 왕고를 생포해 들어와 광녕(廣寧)으로 압송해 왔습니다. 지금까지의 사건 경위는 확실합니다.

왕고가 전에 지은 죄는 귀신과 사람이 모두 분개할 일이었던 것을 비추자면 죽어도 오히려 죄가 남았습니다. 다만, 죄를 심판하여 처단할 때는 본래 죄와 벌이 분명히 기재되어 있는 정률(正律)에 상응할 필요는 없으나, 한집안의 죽을죄가 아닌 자 3인을 살해한 자(殺一家非死罪三人)를 능지처사(凌遲處死)에 처한다고 것과 견주면 결코 때를 가리지 말고 즉각 사형을 집행해야 할지니, 이에 죄인의 목을 베어 긴 장대에 매달아 구변(九邊: 대륙 북부의 변경) 지역 사람들에게 보임으로써 여러 오랑캐들의 경계로 삼아야 한다는 등인(等因)이었습니다.

이상과 같은 내용의 공문이 도(道)에 이르렀고 중간에 인편을 통해 신(臣)에게도 당도하여 왕고 등을 혁파해서 잡아두라는 칙서(勅書) 18도(道: 통)를 다시 가져다가 하나하나 검토하고 살펴보니, 그 안에 1통의 과작(科勺)은 바로 왕고였고, 4통의 왕홀저(王疙疽) 등은 모두 왕고의 이미 죽은 친족과 관련되었던바 여러 해 동안 차인(差人)으로 이름을 빌려 사칭하고 공물(貢物)을 진상하였는데 모두 떠나는 도사(都司)에게 대부분 바친 것이었으며, 그 나머지 첩도(諂道) 등의 13통은 왕고의 가족과는 관계가 없었습니다. 인하여 각 오랑캐에게 수령한 것을 조사하도록 하여 거듭 살폈으나, 왕고가 다년간 변경 지방을 침범해 약탈하거나 관군을 죽이고 사로잡은 것은 모두 이전과 서로 같았습니다. 비록 따라다녔던 부하 오랑캐가 심히 많아 그들을 규합하려 주모했을지라도 주모자가 죽거나 사로잡히면, 본주(本州)의 추장이 우두머리가 될 것입니다. 다만 저 왕고는 스스로 죄가 반드시 죽는 데에 있다는 것을 알면서도 말재주를 믿고 망령되게 여러 오랑캐를 끌어들였으니, 곧 그의 말은 변덕스럽게 잘 변하고 잘 속였으며 재주와 지혜가 돋보이는 간웅(奸雄)이었습니다. 그러나 지금 이미 사로잡혔으니 해당 법률에 따라 죄목을 정하자면 이 상소문에 근거해야 할 것입니다.

신(臣)은 총독(總督) 양조(楊兆)·총병관(總兵官) 이성량(李成梁)·순안(巡按) 유대(劉臺)와 회동하여 ≪대명률(大明律)≫의 기재 사항과 아울러 오랑캐 추장이 변경을 침범하여 관군을 죽인 죄를 다스릴 만한 조목이 없는지 상세히 살폈습니다. 지금 왕고 추장은 본디 우리 소속 오랑캐[屬夷]로서 나라의 은혜를 저버리고 천도(天道: 하늘의 법칙)를 거역하여 성보(城堡) 몇몇 곳을 엄습해 함락시킨 데다 병마와 가축을 죽이거나 사로잡은 것이 매우 많았으며, 또 조정에서 임명한 관리를 죽여 부총병(副總兵) 이하 20여 명이나 죽었으니, 한 집안의 죽을죄가 아닌 자 3인을 살해[殺一家三人: 殺一家非死罪三人]한 조목으로 다스리려 하나 전에 저지른 죄를 다스리는 데만 백분의 일도 다하기에는 부족합니다. 다만 살피건대, 죄와 벌이 분명히 기재되어 있는 정률(正律)이 없어서 감히 망령되이 죄안(罪案)을 세우지 못하고 기다리는 동안, 지금 앞서 아뢴 내용에 준하여 삼가 밝은 하교를 좇아 천총 지휘(千總指揮) 가만(柯萬)·통사 천호(通事千戶) 진소(陳紹)를 선발하여 먼저 군인들을 이끌고 가 형틀에 채워진 왕고를 경사(京師)로 호송하게 하였습니다. 삼가 바라건대 병부(兵部)에 칙명을 내려 조사해 받도록 하시면 공손히 황제의 결재를 청할 것입니다. 신(臣)들이 감히 임의대로 할 수 없어 죄목들을 열거하고 역적 추장을 포박해 바치니 일명 왕고라고 합니다.

　황제의 교지[聖旨]를 받들건대, 「병부(兵部)가 알아서 이를 공손히 행하라.」고 하신지라, 본 병부가 예부(禮部)에 자문(咨文: 공문서)을 보내어 흠천감(欽天監)에서 좋은 날을 택하도록 하였습니다. 이날 황제께서 친히 오문(午門: 자금성의 정문)의 성루(城樓)에 오르시고 문무백관(文武百官)이 모시고 배열하면, 건주(建州)의 역적 추장 왕고를 포로로 바치는 일이 끝날 것입니다. 형부(刑部)가 초사(招辭)를 갖추는 바로 그날 왕고를 압송해 서시(西市)로 가서 머리·양팔·양다리·몸통으로 토막 내어 죽이고(凌遲處死) 머리를 함에 넣어 요동으로 보내서 무순관(撫順關) 밖에다 효시(梟示: 목을 베어서 긴 장대에 매달아 여러 사람들에게 보이는 것)하겠습니다.

獻俘疏

題爲仰仗[1]天威, 擒獲逋誅[2]逆酋事。

本年八月十五日, 准兵部咨, 該臣等會題前事, 本部覆議, 建州[3]夷人, 自永樂[4]初年, 與之開設衛, 分封授官爵, 使修職貢[5], 爲我屬夷, 世受國恩, 作爲藩屛[6]。維玆逆酋王杲[7]云云至敢戕殺我將領, 拘留我軍士, 惡貫已盈, 罪在弗赦。

所幸, 總督鎭巡諸臣, 仰承廟算, 督責各道將領等官。先之, 質留市夷, 令家屬追求日急, 因驅入王台[8]寨中, 繼之, 宣諭國恩, 使

---

1) 仰仗(앙장): 의지함. 힘입음.
2) 逋誅(포주): 誅殺을 피해 숨음.
3) 建州(건주): 중국 만주 吉林 지방의 옛 이름. 黑龍江 동남부의 綏芬河 근처로 추정된다.
4) 永樂(영락): 명나라 제3대 황제 成祖의 연호(1403~1434).
5) 職貢(직공): 지방의 백성이 궁중이나 중앙 관서에 세금으로 바치는 특산물을 이르던 말.
6) 藩屛(번병): 邊墻. 울타리나 대문 앞의 가림 담장.
7) 王杲(왕고, ?~1575): 명나라 말기의 건주여진족 두령. 성은 喜塔喇, 이름은 阿古, 출생지는 古勒寨. 청나라 태조 누르하치의 외조부이다. 관직은 建州右部都督을 지냈다. 만력 3년(1575) 李成梁이 군대를 이끌고 건주를 공격했을 때, 그는 사로잡혀 북경에서 능지처참되었다. 그의 아들 阿台는 탈출했지만 그 후 그의 부하들에 의해 살해되었다.
8) 王台(왕대, 1548~1582): 海西女眞 哈達部의 수장 萬汗을 명나라에서 부르던 말.

王台羈獻前來, 遂俘之開原[9]境上。渠魁就縶, 禍本已除。大伸華夏之威, 共雪神人之憤。

合無恭候命下行, 令該鎭將杲酋械送京師。本部咨行禮部, 擇日具儀, 及行刑部, 議辟, 舉行獻俘[10]之典。仍將杲首懸置通貢邊關處所, 示元兇以必死, 爲永戒於將來, 等因。

奉聖旨,「這逆酋就擒, 足除禍本, 着械解[11]來京, 獻俘正法。張學顏[12]計擒逆虜, 具見忠悃, 賞銀三十兩・紵絲二表裏, 其餘依擬, 欽此。」欽遵, 備咨到臣。

臣卽望闕叩頭, 恭謝天恩外, 查得[13], 逆杲於七月十七日, 解至廣寧[14]。臣卽行分巡兵備僉事張子仁, 將本酋審其所犯情罪, 以憑具奏。

隨據該道呈, 據同知寶文申呈, 審得, 夷酋王杲, 年四十七歲, 係建州右衛都指揮使, 歷年在邊搶掠。恐革去貢市, 不合將本名王杲改爲科勹朦, 令部夷討換[15]勅書頂名[16]入貢。

---

9) 開原(개원): 중국 遼寧省 瀋陽 북동쪽에 있는 지명.
10) 獻俘(헌부): 전쟁이 끝난 후에 포로를 宗廟에 바치는 예.
11) 解(해): 압송함.
12) 張學顏(장학안, ?~1598): 명나라 神宗 때의 명신. 자는 子愚, 호는 心齋. 廣平 肥鄕(現 河北省 邯鄲地區 肥鄕縣) 사람이다. 嘉靖 32년(1553) 進士가 되었으며, 薊州 兵備副使・遼東巡撫・戶部尙書・兵部尙書 등을 지냈다. 萬曆 初에 建州王杲가 침범하자 李成梁과 함께 그를 격파하였다. 저서로는 ≪會計錄≫・≪淸丈條例≫ 등이 있다.
13) 査得(사득): 조사하여서 진상을 알아냄.
14) 廣寧(광녕): 명나라 太祖가 1390년에 설치한 衛의 이름. 秦漢 때의 遼東郡으로, 遼寧省 경계에 있다.

因素通北虜番漢[17]言語字義, 又善推算命數, 逞恃强悍, 將建州諸酋兵馬俱收回, 部下悉聽調遣[18], 屢入遼東地方, 搶掠。嘉靖[19]三十六年十月十二日, 入犯撫順[20], 殺死備禦[21]彭文洙。三十七年二月三十日, 入犯東州, 殺死提調王三接・把總[22]王守廉・守堡鄒國珍, 三月二十二日, 入犯會安堡, 殺死把總張住幷・備禦王世勛下次男王貢等十一員名, 七月二十一日, 入犯, 攻陷威寧營堡, 殺死守堡袁祿幷男婦三百一十五名口, 八月二十七日, 入犯撫順, 殺死男婦萬朝用等一百九十二名口, 虜去男婦宋弼等一百七十三名口, 燒死男婦潘剛等一百一名口, 燒燬樓臺二座・房六十間, 九月十八日, 入犯一堵墻, 殺死提調李松・守堡康貢等數十員。四十年不記月日, 犯白崖子, 殺死遼陽把總千戶[23]湯欒・百戶于欒。四十一年五月二十八日, 犯湯站, 殺死副總兵黑春・把總田耕・劉一鳴・指揮陳其學・戴冕。四十二年失記月日, 入犯遼陽, 殺死指揮王國柱・楊五美。四十四年五月二十六日, 又犯孤山, 殺死守堡指揮李世

---

15) 討換(토환): 애써 찾음. 애써 구함.
16) 頂名(정명): 남의 이름을 사칭함.
17) 番漢(번한): 遼東郡에 속한 縣의 이름. ≪後漢書≫<地理誌>에 의하면, 秦나라가 설치한 遼東郡은 幽州에 속하여 18縣이 있는데, 번한은 그 중의 하나이다.
18) 調遣(조견): 파견함. 지시함.
19) 嘉靖(가정): 명나라 11대 황제 世宗의 연호(1522~1566).
20) 撫順(무순): 중국 북동부 遼寧省 중앙에 있는 도시.
21) 備禦(비어): 吏文의 용어로, 하나의 성이나 보루를 외롭게 지키는 자. 守備備禦라고 하였다.
22) 把總(파총): 명나라 때 하급무관의 직명.
23) 千戶(천호): 명나라 때 군사 1,120명으로 편성된 千戶所의 지휘관.

爵, 其餘殺虜兵馬人畜甚多, 不計其數。隆慶24)六年八月十二日,
入犯撫順所萬銳屯, 殺死指揮王重爵・王宦・康鎭・朱世祿等八十
五員名, 回營25)身故26)岳州柱等三十五名, 搶虜男婦二百餘人。萬
曆27)二年七月十九日, 又將撫順遊擊管備禦事裵承祖・把總劉承奕
・管隊百戶劉仲文誘出殺死, 剖腹剜心, 又將軍人殺死, 虜去連盔
甲馬匹共二百七十六名。又自本年九月以後, 日期不等, 又搶去男
婦李當兒等六十四名口, 又殺死軍餘28)金斗等七名。

有巡撫張都御史29)・鎭守李總兵, 題奉欽依會兵, 於十月初十
日, 破其城寨, 杲又預知, 脫走。萬曆三年二月內, 又科衆30), 入搶
報復。蒙撫鎭會遣曹副總兵, 默差家丁, 潛出邊外圍剿, 杲僞以蟒
掛紅甲, 授親夷阿哈納奪路, 杲又得脫走。至重古路寨內, 自算命
不該死, 往東, 收拾馬匹・貂皮・布叚等物, 要投北虜速把亥31)・
土蠻32)營, 勾引達子33), 大搶遼東, 報復。

---

24) 隆慶(융경): 명나라 12대 황제 穆宗의 연호(1567~1572).
25) 回營(회영): 병영으로 되돌아옴.
26) 身故(신고): 사망함.
27) 萬曆(만력): 명나라 13대 황제 神宗의 연호(1573~1619).
28) 軍餘(군여): 중국 명나라 때 정식 軍籍을 취득하지 못한 군인을 이르던 말.
29) 都御史(도어사): 중국 명나라・청나라 때 都察院의 장관. 도찰원은 모든 벼슬아
　치의 非違를 규탄하고 지방행정의 감찰을 맡아보던 관청이다. 명나라 洪武 14년
　(1372) 御史臺를 고쳐서 도찰원이라 하고, 다음 해에 左右都御史, 左右副都御史
　등을 설치하였는데, 청나라도 대체로 여기에 따랐다.
30) 科衆(규중): 무리를 모음.
31) 速把亥(속파해): 泰寧部의 우두머리.
32) 土蠻(토만): 揷漢部의 우두머리.
33) 達子(달자): 서북변 오랑캐라는 뜻으로, 명나라에서 몽골족을 일컫던 말.

聞撫順關將市夷質留, 搜挐³⁴⁾急緊。杲思起, 海西夷首王台, 平時交結相厚, 兵馬衆強, 暫投台寨, 以圖轉送北虜。有台見撫鎭行開原賀兵備·唐叅將, 宣布索杲。恐官軍搗巢, 於七月初四日, 同子虎兒哈往石三馬頭, 將杲執, 至邊外, 有賀兵備等, 差官兵出邊, 將杲擒入, 解至廣寧。前情是的。

爲照王杲前罪, 神人共憤, 死有餘辜³⁵⁾。但斷罪, 原無正律³⁶⁾相應, 比照殺一家非死罪三人³⁷⁾, 凌遲處死³⁸⁾, 決不待時³⁹⁾, 仍梟示九邊⁴⁰⁾, 以爲諸夷之警, 等因。

到道轉報⁴¹⁾到臣, 復取革留王杲等勅書一十八道, 逐一檢審, 內一道科勺卽是王杲, 四道王疙疽等, 俱係杲已死親族, 歷年差人頂

---

34) 搜挐(수라): 搜捕. 찾아내어 체포함.

35) 死有餘辜(사유여고): 죽어도 오히려 죄가 남음. 죽어도 그 죄를 갚을 수 없다는 말이다.

36) 正律(정률): 죄와 벌이 분명히 기재되어 있는 것을 일컬음. 참고로 比律은 명기된 법률 조문이 없을 경우에 그와 비슷한 정률에 견주어 맞추는 것을 일컫는다.

37) 殺一家非死罪三人(살일가비사죄삼인): ≪大明律≫의 刑律에 나오는 말. 곧, "무릇 한집안의 죽을죄가 아닌 자 3인을 살해한 자와 사람의 사지를 절단분해한 자는 능지처사의 형에 처하고 재산은 몰수하여 피해자의 집에 주고 처자는 유 2천리의 형에 처한다. 수종하여 죄를 범한 자는 참형에 처한다.(凡殺一家非死罪三人, 及支解人者, 凌遲處死, 財産斷付死者之家, 妻子流二千里, 爲從者斬。)"이다.

38) 凌遲處死(능지처사): 대역죄를 범한 자에게 과하는 최대의 형벌. 머리, 양팔, 양다리, 몸통 등의 여섯 부분으로 찢어서 각 지방에 보내 사람들에게 두루 보이게 하였다.

39) 不待時(부대시): 不待時斬. 때를 가리지 않고 사형을 집행하던 일.

40) 九邊(구변): 명나라 때 대륙북부의 아홉 개 변경지역을 일컬음. 遼東, 薊州, 宣府, 大同, 偏關(山西), 楡林(延綏), 寧夏, 固原, 甘肅 지역이다.

41) 轉報(전보): 인편을 통해 소식을 알림.

名進貢, 俱發都司42)類繳, 其餘詔道等一十三道, 不係杲族。仍查
給各夷收領, 及覆審, 王杲節年43)搶掠地方, 殺虜官軍, 俱與前相
同。雖隨從部夷甚多, 其主謀糾聚, 主使44)殺虜, 則本酋爲首。但
伊自知罪在必死, 信口45)妄攀諸夷, 卽其言辭變詐, 益見才智奸
雄。今旣擒獲, 相應照律, 擬罪46), 據此。

　臣會同總督楊兆47)・總兵官李成梁48)・巡按劉臺49), 　備查≪大

---

42) 都司(도사): 한 관아의 일을 도맡는다는 뜻으로, 長官을 이르는 말.

43) 節年(절년): 다년간. 오랜 세월.

44) 主使(주사): 주모자.

45) 信口(신구): 말을 할 때에 주의하지 않고, 입에서 나오는 대로 함부로 이야기함.

46) 擬罪(의죄): 죄를 심의하여 결정함.

47) 楊兆(양조): 명나라 관리. 1556년 진사에 합격하였고, 1574년 薊遼總督, 1577년
南京兵部尙書, 1583년 南京工部尙書, 그 후로 北京兵部尙書・工部尙書를 역임하
였다.

48) 李成梁(이성량, 1526~1615): 명나라 말의 將令. 자는 汝契, 호는 引城. 遼寧省 鐵
坽 출신이다. 조선인 李英의 후예로 遼東의 鐵嶺衛指揮僉事의 직위를 세습해 왔
다. 1570년~1591년 연간과 1601년~1608년 연간 두 차례에 걸쳐 30년 동안 遼
東總兵의 직위에 있었다. 이 기간에 그는 軍備를 확충하고, 建州女眞 5部, 海西女
眞 4部, 野人女眞 4部 등으로 나뉘어 있는 여진의 부족 갈등을 이용하면서 遼東
지역의 방위와 안정에 크게 기여하였다. 1573년 寬甸(遼寧省 丹東) 등에 六堡를
쌓았으며, 1574년 女眞 建州右衛의 수장인 王杲가 遼陽과 瀋陽을 침공해오자 이
들의 근거지인 古勒寨를 공격해 물리쳤다. 그리고 建州左衛 女眞을 통제하기 위
해 首長인 塔克世의 아들인 누르하치[努爾哈赤, 청 태조, 1559~1626]를 곁에 억
류해 두었다. 1580년 이성량의 공적을 치하하는 牌樓가 皇命으로 廣寧城(遼寧省
錦州)에 세워질 정도로 그는 明의 遼東 방위에 큰 공을 세웠다. 1582년 王杲의
아들인 阿台가 다시 군사를 일으키자 古勒寨를 공격해 1583년 함락시켰다. 하지
만 이 전투에서 이미 明나라에 歸附했던 누르하치의 아버지와 할아버지인 塔克
世와 覺昌安도 阿台를 설득하기 위해 古勒寨에 들어갔다가 明軍에게 살해되었다.
이 사건은 누르하치의 불만을 샀고, 1618년 그가 明과의 전쟁을 선포하며 발표
한 이른바 '七大恨'의 첫 번째 항목으로 꼽혔다.

明律≫開載,　並無虜酋入犯搶殺官軍擬罪之條。今杲酋本以屬夷,
背負國恩, 逆違[50]天道, 襲陷城堡數處, 殺虜兵馬人畜數多, 又殺死
朝廷命官, 自副總兵以下二十餘員, 擬以殺一家三人之條, 不足以
盡前罪百分之一。但查, 無正律, 不敢妄擬案, 候間, 今准前因, 謹
遵明旨, 選差千總指揮柯萬・通事千戶陳紹, 先帶領軍人, 防護械
送京師。伏乞勅下兵部, 查收, 恭請聖裁。臣等未敢擅便, 計開[51],
縛獻逆酋, 一名王杲。

　　奉聖旨,「兵部知道, 欽此。」該兵部咨禮部, 行欽天監[52]擇吉。
是日, 皇上親登午門[53]城樓, 文武百官侍班, 將建州逆酋王杲獻俘
訖。刑部具招, 即日押杲赴西市, 凌遲處死, 函首[54]付遼, 梟示撫順
關外。

遼畧終

---

49) 劉臺(유대, ?~1582): 명나라 관리. 1571년 진사가 되어 刑部浙江司主事에 제수
　　되었으며, 1574년 福建道監察御史로 있다가 巡按遼東이 되었지만 戰功을 잘못
　　보고한 일에 연루되기도 하였다. 그 후에 山東御史가 되었으며, 1576년에는 輔
　　臣 張居正을 탄핵하는 상소문을 올리기도 하였다.
50) 逆違(역위): 違逆. 위배함. 거스름. 天意를 배반하여 재앙을 받는 것을 일컫는 말
　　이다.
51) 計開(계개): 내역을 나열하여 기록함.
52) 欽天監(흠천감): 중국 명나라와 청나라 때 천문 및 역법을 담당한 관청의 이름.
53) 午門(오문): 紫禁城의 정문. 자금성의 남쪽에 위치하여 붙여진 이름이다. 중국에
　　서는 옛날에 북쪽을 子, 남쪽을 午라고 하였다.
54) 函首(함수): 머리를 베어 함에 넣음.

해제解題

「규장각 소장 ≪撫遼俘勵建州夷酋王杲疏略>에 대해서」

諸星 健兒

『東洋大學文學部紀要(史學科篇)』20,
東洋大學 文學部 史學科研究室 編, 1994. 61~87면.

규장각 소장
《撫遼俘勦建州夷酋王杲疏略》에 대해서

1.

명나라 말기의 요동(遼東)에 건주여진(建州女眞)의 강력한 추장으로 활약했던 사람 가운데 왕고(王杲)가 있다. 그의 출신은 확실하지 않다. 그는 미천한 신분에서 출세하여 명나라와의 교역을 통해 재물을 축적하고 그 부를 토대로 혼란한 여진사회에서 일대의 효웅(梟雄)이 된 인물이다. 그가 살았던 성[居城] 고륵채(古勒寨)는 명나라와 여진의 마시(馬市)가 열렸던 무순관(撫順關) 근처에 위치했는데, 그 지역에서 이루어지는 교역을 장악하는 교통의 요지였으며 더불어 건주여진의 동정을 살피기에도 좋은 군사상의 요충지였다. 그의 딸 에메치(エメチ: 厄墨氣)는 닝구타부(ニンクタ部: 寧古塔部)의 타크시(タクシ: 塔克世)에게 시집을 가 누르하치(ヌルハチ: Nurhaci), 즉 청나라 태조를 낳았다고 하니, 그는 청태조의 외조부에 해당한다. 그는 가정(嘉靖: 1522~1566) 연간의 말부터 종종 명나라 변경지역을

침략하였는데, 만력(萬曆: 1573~1619) 3년(1575)에 붙잡혀 북경(北京)에서 처형되었다.

그의 열전이 게재된 한문사료로는 ≪만력무공록(萬曆武功錄)≫·≪동이고략(東夷考略)≫·≪산중견문록(山中見聞錄)≫ 등의 여러 문헌이 있는데 그 수가 많지 않아, 그의 사적(事蹟)에 관해서 많은 것을 알기는 어렵다.

그런데 현재 서울대학교 규장각이 소장한 도서 중에는 ≪무요부초건주이추왕고소략(撫遼俘勦建州夷酋王杲疏略)≫(이하, ≪무요소략(撫遼疏略)≫으로 약칭)이라는 것이 있다. ≪규장각 도서 중국본 종합목록(奎章閣 圖書 中國本 綜合目錄)≫(서울대학교 도서관, 1982)의 사부(史部), 조령주의류(詔令奏議類) 항에는 그 이름이 실려 있는데, 다음과 같이 소개되어 있다.

撫遼俘勦建州夷酋王杲疏略(무요부초건주이추왕고소략)
張學顔(明) 撰, [萬曆年間], 1冊(15張), 목판 25.7X16.2cm
版心書名: '撫遼疏略', 印: '帝國圖書之章', <奎中, 5416>
(약간 필자가 내용을 변경)

장학안(張學顔), 그의 자(字)는 자우(子愚), 호는 심재(心齋)이다. 비향(肥鄕) 출신으로 가정 33년(1554)에 진사(進士)가 되었다. ≪명사(明史)≫ 권 222에 그의 열전이 있다. 융경(隆慶: 1567~1572) 5년(1571) 그는 산서안찰사(山西按察使)에서 도찰원 우부도어사(都察院右副都御

史)로 진급하여 요동순무(遼東巡撫)가 되었다. 이후 만력 5년(1577)에 이르기까지 7년간 요동의 방어에 힘썼다. 그가 부임할 무렵의 요동은 참으로 여러 가지 일들이 많았는데, 서쪽으로는 차하르부(チャハル部)의 토만(土蠻) 등이, 동쪽으로는 건주여진의 왕고(王杲) 등이 끊임없이 침략을 반복하여 10년 동안 은상질(殷尙質)·양조(楊兆)·왕치도(王治道) 등의 세 장수가 잇달아 전사할 정도로 엄중한 상황에 있었다. 하지만, 그는 이성량(李成梁)과 더불어 왕고를 포로로 사로잡아 바친 것을 비롯해 수많은 군공(軍功)을 세웠고, 그 공적에 따라 병부시랑(兵部侍郞)으로 진급하였으며 마침내 만력 6년(1578)에 호부상서(戶部尙書)가 되었다. 그 무렵 중앙정계에서는 재상(宰相)인 내각(內閣) 대학사(大學士) 장거정(張居正)이 국무를 총괄하며 권세의 절정기에 있었는데, 그 장거정의 두터운 신임을 받으며 장학안은 재무에 놀라운 수완을 발휘해 정덕(正德)과 가정(嘉靖) 연간(1506~1566)부터 기울기 시작한 국가 재정을 바로 세웠다고 한다. 장거정의 죽음과 실각으로 인해 그는 종종 이성량과 더불어 장거정 일당이라며 탄핵을 받기도 하였다. 만력 11년(1583) 병부상서가 되지만, 13년(1585)에 관직에서 물러난 후 26년(1598)에 집에서 죽었다.

≪무요소고(撫遼疏稿)≫는 왕고가 포로로 사로잡혀 바쳐지기까지 사건의 경위가 장학안의 제본(題本: 황제에게 올리는 문서)을 토대로 하여 서술된 것이다. 그것은 <비어경입이영피해소(備禦輕入夷營被害

疏)>・<토평역추견소소(討平逆酋堅巢疏)>・<헌부소(獻俘疏)>라는 세 편의 제본으로 이루어졌다. <비어경입이영피해소>는 만력 2년(1574) 7월 왕고 및 내력홍(來力紅) 등이 무순(撫順)의 비어(備禦) 배승조(裵承祖) 등을 살해한 사건에 관한 것으로 이 사건이 왕고를 포로로 사로잡아 바치는 발단이었다. <토평역추견소소>는 만력 2년(1574) 10월 이성량이 왕고의 거성(居城) 고륵채를 소탕한 것에 관한 보고와 그 선후책(善後策, 역자 주: 사건 등의 사후 처리를 잘 하기 위한 방책)을 논한 것이다. 그리고 <헌부소>는 왕고를 포로로 붙잡아 바친 것에 관해 서술한 것이다.

그런데 이 ≪무요소략≫은 내가 알기로 일본에 현존하지 않고 ≪명사(明史)≫의 <예문지(藝文志)>, ≪천경당서목(千頃堂書目)≫에도 그 이름을 찾아볼 수가 없다. 더구나 ≪천경당서목≫ 권 30, 표주류(表奏類)에는 다음과 같이 기록되어 있다.

張學顔, 司馬司農奏議 20권, 그리고 撫遼奏議 10권.

하지만 그 어느 것도 현재 일본에서는 찾아볼 수가 없다. 명대(明代)의 경제문(經濟文)은 현재 다수 전해지고 있지만, 그 중에 있어서도 앞서 서술한 제본은 없다. ≪사진삼관지(四鎭三關志)≫ 요진제소(遼鎭制疏), 제주(題奏, 역자 주: 제본(題本)과 주본(奏本)의 통칭. 제본은 공사(公事)에 관한 상주서(上奏書)이고, 주본은 사사(私事)에 관한 상주서임.)

에는 만력 3년(1575)까지의 요동진(遼東鎭)에 관한 제본을 게재하고 있다. 이 안에는 장학안의 제본이 10편 있으며 ≪무요소략≫의 것과 같은 내용의 것이 있어도 전혀 이상할 게 없는데 이 안에도 없다. 따라서 현재 규장각에 소장된 ≪무요소략≫은 적어도 일본에서 유사한 것을 찾아볼 수 없는 귀중한 것이라고 할 수 있을 것이다. 본고에서는 이 ≪무요소략≫을 소개하고 더불어 그 내력과 그것이 왕고를 포로로 사로잡아 바친 것을 서술한 것에 대하여 약간의 고찰을 해보고자 한다.

2.

여기서는 ≪무요소략(撫遼疏略)≫의 내력을 고찰하기에 앞서 먼저 규장각과 그 소장 도서의 변천을 서술하고자 한다.[1]

규장각은 정조(正祖, 1777~1800)의 즉위와 더불어 창건되었다. 정조는 영조(英祖)의 뒤를 이어 즉위하자마자 곧바로 창덕궁의 북원(北苑)에 건물을 세워 그곳에 어제(御製) 및 어서(御書)를 수장하도록 명하였다. 그때는 이 건물을 명명하지 않았는데 준공한 후에 그 이름을 규장각이라 하였다.

---

1) 규장각의 연혁에 대해서는 愼鏞廈의 「奎章閣圖書의 變遷過程에 대한 一研究」(『奎章閣』 5, 서울대학교 규장각, 1981)와 末松保和의 「奎章閣と奎章總目」(『小田先生頌壽記念朝鮮論集』, 大阪屋号, 1934) 참조.

그 이전에도 규장각과 같은 곳이 있기는 하였다. 예를 들자면, 세조(世祖) 9년(1464) 5월 동지중추부사(同知中樞府事) 양성지(梁誠之, 1415~1482)의 주청에 의한 것이나, 숙종(肅宗) 20년(1694) 정종사(正宗寺)에 세워진 소각(小閣) 등이 그것이다. 그러나 이것들과 정조의 규장각은 전혀 취지가 달랐다. 정조 이전의 것은 주로 열성(列聖: 대대의 여러 임금)의 어제(御製)를 봉안하는 것이 목적이었지만, 정조의 규장각은 앞서 서술한 두 곳과 같은 목적을 가짐과 동시에 더욱 더 동서고금의 도서를 수집해 외정(外廷: 조정의 정무를 처리하는 곳)의 학식을 갖춘 자들과 더불어 경서(經書)와 사기(史記)를 토론하여 경세제민(經世濟民: 세상을 잘 다스려 도탄에 빠진 백성을 구제함)하는 정치의 요점을 파악하는 등 단순한 도서관에 그치지 않고 정치에 도움이 되도록 하는 것이었다.

규장각 창설 당시에 그 도서 관리는 크게 3가지로 나뉘었다. 하나는 열성(列聖)의 어제(御製)·어필(御筆)·어보(御譜)의 봉안이었고, 그 다음은 국내외 도서의 수집과 관리이었으며, 나머지는 왕의 공사(公事: 공무)를 기록하고 그것을 보관하는 일이었다.

이들 가운데 규장각의 업무로써 본고와의 관계에서 중요한 것은 두 번째 것인데, 도서의 수집 자체는 규장각 창설 이전부터 이미 이루어지고 있었다. 정조는 동궁 시절부터 도서 수집에 열중하였으며 존현각(尊賢閣) 옆에 정이당(貞頤堂: 惜陰堂)을 세워 이곳에 대량의 도서를 보관했다고 한다. 즉위 후에 이전부터 그 편찬을 전해 들었던 ≪사고전서(四庫全書)≫를 진하 겸 사은사(進賀兼謝恩使) 이은(李溵, 1722~1781)으로 하여금 구매하게 했다는 일화도 그의 도서 수집에 대한 강한 기호를 짐작할 수 있는 대목이다. 결국 ≪사고전서≫의 구매는 하지 못하고 끝났지만, 이로 인해 ≪고금도서집성(古今圖書集成)≫ 5천여 권이 조선[李朝]에 들어오게 된다.

규장각 창설기의 도서는 정조 5년(1741) 당시 약 3만여 권이었다. 그 내용은 청나라로 간 사신이 북경에서 구매한 것, 홍문관(弘文館)에서 관할을 옮긴 것, 강화부(江華府) 행궁(行宮)에 소장되었던 명(明)으로부터 받은 내사본(內賜本: 하사받은 서적), 규장각의 각신(閣臣)으로 하여금 구입하도록 한 국내의 산경(山經)·해지(海志)·비첩(秘諜)·귀중본 등이다. 이것들은 크게 동본(東本: 한국본)과 화본(華本: 중국본)으로 나뉘는데, 전자는 약 1만여 권이었고 후자는 약 2만여 권이었다.

이들 동본과 화본을 위해 각각 전용 서고가 세워졌다. 규장각의 서남쪽에 열고관(閱古觀)과 개유와(皆有窩)를 지어 이곳에 화본을 보관하였고, 또 열고관의 북쪽에 서서(西序: 西庫)를 지어 동본을 보관하였다. 이 밖에 열성(列聖)의 어제·어필·어진을 봉안하는 서향각(書香閣), 강화에는 열성(列聖)의 어제·어필·선보(璿譜)·의궤(儀軌)·간본(刊本) 및 존안(存案) 등을 봉안하는 외규장각(外奎章閣: 강도 외각)이 있었다.

정조 5년(1741) 2월, 정조는 규장각 제학(奎章閣提學) 서명응(徐命

膺, 1716~1787)에게 규장각 도서 목록의 편찬을 명하였다. 하지만, 실제로 그 명을 받들어 담당한 것은 서명응의 아들 서호수(徐浩修, 1736~1799)이었다. 서호수는 영조 41년(1765) 식년문과(式年文科)에서 장원 급제하여 홍문관 부교리(副校理)와 교리를 지냈으며 후에 영의정 홍봉한(洪鳳漢)과 더불어 ≪문헌비고(文獻備考)≫를 편찬하였고, 정조 즉위 시에는 진하 겸 사은 부사(進賀兼謝恩副使)로서 청나라로 가게 되는데 그 도중기(道中記: 기행문)로 ≪연행기(燕行紀)≫를 저술하기도 하였다. 정조 4년(1740) 그는 규장각 직제학(奎章閣直提學)에 임명되었다. 그리고 정조 5년(1741) 6월에 ≪규장총목(奎章總目)≫이 완성되었다. 이 일을 가리켜 ≪조선왕조실록[李朝實錄]≫ 정조 5년 6월 경자(庚子)의 조(條)에는 다음과 같이 기록되어 있다.

奎章總目成. … 丙申初載, 首先購求≪圖書集成≫五千余卷于燕肆, 又移舊弘文館藏本及江華府行宮所藏皇明賜書諸種益之. 又倣唐宋故事, 撰≪訪書錄≫二卷, 使內閣諸臣, 按而購買. 凡山經·海志·秘諜希種之昔無今有者, 無慮數千種. 及建閣古觀于昌慶宮內苑奎章閣之西南, 以峙華本. 又建西序于閣古觀之北, 以藏東本, 總三萬餘卷. 經用紅籤, 史用靑籤, 子用黃籤, 集用白籤, 彙分類別, 各整位置. 凡其曝曬出納, 皆令閣臣主之, 在直閣臣, 或有事考覽, 則許令用牙牌請出. 至是命閣臣徐浩修, 撰著書目, 凡經之類九, 史之類八, 子之類十五, 集之類二, ≪閣古觀書目≫六卷·≪西序書目≫二卷, 總名之曰≪奎章總目≫. (≪조선왕조실록≫의 해당 조목 번역문 인용: 규장총목이

완성되었다. … 병신년(1776) 첫 해에 맨 먼저 ≪도서집성≫ 5천
여 권을 북경의 책방에서 구입하였고, 또 구 홍문관의 소장본과
강화부 행궁에 저장되어 있던 명나라에서 내려준 여러 가지 책들
을 옮겨다 보태었다. 또 당나라와 송나라 때의 故事를 모방하여
≪방서록≫ 2권을 찬술하여 內閣의 여러 신하들로 하여금 조사하
여 구매하게 하였다. 무릇 산경·해지 가운데 비밀스럽고 희귀한
책들로서 옛날에 없던 것으로 지금 구비되어 있는 것이 무려 수
천·수백 가지 종류나 되었다. 이에 열고관을 창경궁 내원 규장
각의 서남쪽에 건립하고 중국 책들을 저장하였으며, 또 열고관의
북쪽에 서서를 건립하여 우리나라의 책을 저장하였는데 총 3만여
권이었다. 경서는 홍첨, 사서는 청첨, 자서는 황첨, 집서는 백첨을
사용하여 종류별로 彙分한 다음 각각 위치를 정리였다. 이 책들의
曝曬와 出納은 모두 閣臣으로 하여금 주관하게 하였으며, 숙직 중
인 각신이 혹 일이 있어 이를 고람하여야 할 경우에는 牙牌를 사
용하여 내어주기를 청하게 하였다. 이때에 이르러 각신 서호수에
게 명하여 書目을 찬술하게 하였는데, 경서류 아홉, 사서류 여덟,
자서류 열다섯, 집서류 둘, 열고관 서목 6권, 서서 서목 2권을 통
틀어 ≪규장총목≫이라고 명명하였다.)

이에 따르면 ≪규장총목≫은 ≪열고관서목(閱古觀書目)≫ 6권과
≪서서서목(西序書目)≫ 2권의 2책으로 구성되었던 것 같다.
이 ≪규장총목≫은 현재 전해지고 있지 않다. 하지만 ≪열고관
서목≫과 같은 내용의 것이라고 말해지는 ≪규장총목≫ 4권 3책
이 있는데 현재 규장각에 소장되어 있다.2) 이것은 규장각 창설 당

시의 화본(華本)에 어떤 것이 있었는지를 전해주는 귀중한 사료인데, 그 내용은 사부 분류(四部分類)에 따라 경류(經類) 9, 사류(史類) 8, 자류(子類) 15, 집류(集類) 2로 구성되었으며, 화본의 서명(書名)을 기록하고 동시에 간단한 해제(解題)를 덧붙이고 있다. 게다가 ≪서서서목≫과는 다르지만, 이 시기의 규장각 소장 동본(東本)을 엿볼 수 있는 목록으로써 ≪서고장서록(西庫藏書錄)≫이 있다.

규장각은 철종(哲宗, 1850~1863) 말까지는 큰 변화가 없었는데, 대원군 집정 시대에 열성(列聖)의 어제·어필·선원보첩(璿源譜牒) 등이 종친부(宗親府: 국왕의 계보와 초상화를 보관하고, 국왕과 왕비의 의복을 관리하며 왕의 친척을 다스리던 관청)로 이관되었고, 규장각은 동본(東本) 및 화본(華本)의 도서만을 관리하는 기관이 되었다. 게다가 갑오개혁 후로 1895년 궁내부(宮內府: 조선 말기 왕실에 관한 일을 총괄하던 관청) 관제의 반포와 더불어 규장각은 규장원(奎章院)으로 이름이 바뀌었다. 그리고 바뀐 명칭은 1896년 아관파천(俄館播遷)에 의해 개화파 정부가 무너지고 대신에 정권을 잡은 수구파 정부가 이듬해 1897년에 또다시 규장각으로 개칭할 때까지 계속 쓰였다.

대한제국의 말기인 1907년 궁내부 관제가 대폭으로 개정되면서 규장각에 커다란 변화가 찾아온다. 그것은 일본의 압력으로 고종(高宗)이 퇴위하고 황실 재산을 둘러싸고 황실과 한국통감부(韓國統

---

2) 愼鏞廈,「奎章閣總目解題」,『奎章閣』4, 서울대학교 규장각, 1979 ; 편집부,「奎章閣總目 原本(縮小影印)」,『奎章閣』4, 서울대학교 규장각, 1981.

監府) 사이에서 격한 공방이 오가는 가운데 이루어졌다. 그로 인해 규장각은 제실(帝室)의 전적(典籍)·문한(文翰)·기록의 보관, 열성(列聖)의 어제(御製)·어장(御章)·어진(御眞)·선원보첩(璿源譜牒)의 관리, 진강(進講: 경전의 강연)·대찬(代撰: 임금의 어명을 신하가 대신 짓던 일)과 종실(宗室)에 관한 사무의 관장, 의시(議諡: 시호의 의논) 및 제전(祭典) 참석 등의 사무 관장 등을 그 업무로 삼았다. 이것은 그때까지의 도서 및 기록의 관리에 종친부(宗親府)의 업무가 더해진 것이다.

게다가 대한제국의 궁내부는 1908년 규장각 기구의 근대화를 꾀해 조직을 전모과(典謨課)·도서과(圖書課)·기록과(記錄課)·문사과(文事課)의 4개 과로 나누었다. 여기서 특히 유의할 점은 기록과(記錄課)의 관장하는 일에 사고(史庫)의 관리가 있다는 점이다. 이에 따라 경기사고(京畿史庫)의 장서(藏書) 전부와 강화(江華)에 있는 정족산성(鼎足山城) 사고의 도서 일부가 규장각 도서 안에 더해지게 되었다. 다른 사고, 즉 태백산성(太白山城)·오대산성(五臺山城)·적상산성(赤裳山城)의 도서는 경비 부족으로 그대로 두었다.

이 무렵 규장각 도서에 거듭 홍문관(弘文館)·집옥재(集玉齋)·시강원(侍講院)의 도서가 더해졌고, 1909년 이것들을 총칭하여 제국도서(帝國圖書)라고 하였다. 제국도서에는 각각 '제국도서지장(帝國圖書之章)'이라는 장서인(藏書印)이 찍혔다. 이렇게 해서 규장각 도서는 약 10만여 권을 넘게 되었다.

1910년 한국 병합 후에 규장각은 폐지되어 그 도서는 조선총독부(朝鮮總督府) 취조국(取調局)이 관리하게 되었고, 태백산성과 오대산성 두 사고(史庫)의 장서가 규장각으로 옮겨졌다. 이어서 1912년 참사관실(參事官室)이 설치되자, 1914년에 참사관 분실이 규장각 도서를 인계받았다. 이 시기에 대량의 도서 및 기록물이 규장각 도서에 더해지게 되었다. 1922년 규장각 도서는 조선총독부 학무국(學務局)으로 이관되었다. 이듬해인 1923년 경성제국대학(京城帝國大學)이 설립되면서 규장각 도서로 140,913권에 이르는 도서가 그 관리 하에 놓였다.

1945년의 해방 후인 1946년에 서울대학교가 설립되었다. 서울대학교는 이전 경성제국대학의 온갖 시설을 인계받고, 규장각 도서도 역시 서울대학교 부속 중앙도서관이 관리하게 되어, 그 체제에서 정리 사업이 진행되었다. 하지만, 1950년 6월 25일 전쟁이 발발했고, 그 사이 중앙도서관은 일반도서 및 규장각 도서 등 총 약 1만여 권을 분실하였다. 1965년 서울대학교 문리과대학 부설 동아문화연구소(東亞文化硏究所)에 의해 ≪규장각 도서 한국본 총목록(奎章閣圖書韓國本總目錄)≫이 완성되었다. 그때 한국본 73,421권, 중국본 56,568권, 미정리분 약 5,000권이 확인되었다. 이어서 1975년 서울대학교는 관악캠퍼스로 이전하였고 각 단과대학 도서관을 중앙도서관에 통합시켜 서울대학교도서관으로 개편하였다. 그리고 규장각 도서 관리실을 설치해 정부로부터 독립 예산을 계상(計上: 편성에 넣음)받아 규장각 도서 정리 사업이 이루어졌다. 또한, 해방 후 구입된 고도서류(古圖書類)도 규장각 도서 관리실로 이관되었다. 이렇게 해서 1981년 현재 규장각 도서는 한국본 93,417권, 중국본 51,289권 합계 144,706권에 이르게 되었다.

이상으로 규장각과 그 소장 도서의 연혁에 대하여 개략적으로 살펴보았다. 이어서 ≪무요소략≫의 내력에 대해서 고찰해 보고자 한다.

≪무요소략(撫遼疏略)≫은 그 권두에 '제국도서지장(帝國圖書之章)'이라는 장서인(藏書印)이 찍혀 있으므로 적어도 대한제국의 말기에는 이미 규장각 도서 안에 있었음을 알 수 있다. 이 시기 규장각 도서를 구성하는 것으로는 원래부터 규장각에 소장되었던 것, 홍문관(弘文館)·집옥재(集玉齋)·시강원(侍講院)에 소장되었던 것, 경기(京畿)·정족산성(鼎足山城) 두 사고에 소장되었던 것이 있다. 이 중 홍문관·집옥재·시강원의 도서에는 '홍문관' '집옥재' '시강원'의 장서인이 각각 찍혀 있어서 '제국도서지장'만 찍혀 있는 ≪무요소략≫은 그 어느 곳의 장서도 아님을 짐작할 수 있다.

경기·정족산성 두 사고는 모두 임진왜란 후에 창건된 것이다. ≪무요소략≫은 왕고를 포로로 사로잡아 바치는 사건이 있었던 만력 3년(1575)경에 간행된 것으로 생각된다. 그것은 임진왜란에 앞선 17년 전의 일이다. 경기·정족산성 두 사고 중 임진왜란 이전의 도서를 소장하는 것은 정족산성 사고이었다. 임진왜란 이전의 조선[李朝]에서 기록·문서·도서의 보관은 춘추관(春秋館)·승

문원(承文院) · 의정부(議政府) · 내사고(內史庫) 및 충주(忠州) · 성주(星州) · 전주(全州)의 외사고(外史庫)에서 이루어졌는데, 이것들은 난이 발생하면서 전주의 외사고를 제외한 대부분이 파괴되어 그 장서도 뿔뿔이 흩어지고 말았다. 전주 사고의 장서만이 겨우 난을 피했고, 전란 후 정족산성의 사고에 보관되어 현재에 전하게 된 것이다.[3] 따라서 만일 ≪무요소략≫이 경기 · 정족산성 두 사고 중의 하나에 소장되었었다고 한다면, 그것은 전주 사고의 장서를 전달받은 정족산성에 소장되었던 것으로 생각된다.

전주 사고(全州史庫)에 대해서는, 임진왜란 이전의 장서가 아닐까 싶은 것으로 만력 16년(1588)의 전주 사고 폭쇄형지안(曝曬形止案: 폭쇄는 종이로 만들어진 문적을 1년에 한 번씩 꺼내어 곰팡이가 슬지 않도록 햇볕과 바람을 쏘이는 것이고, 형지안은 본래 어떤 일이나 사건의 처음부터 끝까지의 사정을 왕이나 상부기관에 보고하기 위해 작성한 기록임.)이 있다.[4] 이것은 만력 16년(1588) 전주 사고의 장서를 폭쇄(曝曬)했을 때 만든 장서 점검 보고서이다. 하지만 이것을 보아도 거기에서 ≪무요소략≫의 이름을 찾아낼 수는 없다. 게다가 정족산성 사고의 장서 목록이라고 할 만한 것으로 배현숙(裵賢淑)씨가 작성한 「강화 사고의 서책 목록」[5]이 있다. 이것은 1606년부터 1906년에 이

---

3) 中村榮孝, 「朝鮮全州の史庫とその藏書: 壬辰丁酉の亂と典籍の保存」, 『名古屋大學 文學部 · 文學研究科 研究論集』 5(史學2), 名古屋大學 文學部 · 文學研究科, 1953.
4) 中村榮孝, 위의 논문.
5) 裵賢淑, 「江華府史庫 收藏本考」, 『奎章閣』 3, 서울대학교 규장각, 1979.

르기까지의 기간 동안 정족산성 사고에 소장되었던 도서의 목록인
데, 이 안에도 ≪무요소략≫의 이름은 없다. 따라서 ≪무요소략≫
은 정족산성 사고에 소장되었던 것이 아닐 것이다. 그것은 규장각
이 창설되었을 때부터 규장각 도서에 포함되어 있었던 것으로 생
각된다.

창설기의 규장각 도서에 어떤 것이 있었는지를 전해주는 것으
로 앞서 인용했던 ≪조선왕조실록[李朝實錄]≫ 정조 5년 6월 경자
(庚子)의 조(條)가 있다. 거기에는 당시의 규장각 도서가 ≪고금도서
집성(古今圖書集成)≫, 구 홍문관의 장서, 강화부 행궁이 소장한 명
나라로부터 받은 내사본(內賜本), ≪방서록(訪書錄: 규장각에 소장된 중
국 책의 목록)≫에 의해 내각의 신하들이 구입한 것으로 구성되었었
다는 내용이 기록되어 있다. 이 가운데 ≪방서록≫은 현재 ≪내각
방서록(內閣訪書錄)≫으로 규장각에 전해지고 있지만6), 그 안에서
≪무요소략≫의 이름은 찾아볼 수 없다.

그런데 이 시기의 화본(華本)에 대해서는 그 목록으로 ≪규장목
록≫이 있다는 사실은 이미 서술하였다. 이제 ≪규장목록≫을 보
면 거기에 ≪무요소략≫의 이름이 실려 있지 않음을 알 수 있다.
결국에 ≪무요소략≫의 내력은 알지 못하고 말았지만, 여기서는
≪무요소략≫이 서문(序文)도 발문(跋文)도 없는 기껏해야 15엽(葉)

---

6) 鄭演植, 「≪內閣訪書錄≫ 해제」, 『奎章閣』 13, 서울대학교 규장각, 1990 ; 편집
부, 「≪內閣訪書錄≫ 原本(縮小影印)」, 『奎章閣』 13, 서울대학교 규장각, 1990.

의 소책자에 불과하다는 점에서 ≪규장총목≫에 싣지 못했던 것
이 아닐까 싶다. 아마도 ≪무요소략≫은 구 홍문관의 장본(藏本) 내
지는 강화부 행궁에 소장했던 명나라로부터 받은 내사본(內賜本) 안
에 섞여 들어가 있었을 것이다.

3.

왕고(王杲)가 활약했던 무대는 오늘날 중국의 동북이라고 불리는
지역의 일부이다. 명나라 시대의 동북에서는 명·몽골·여진·조
선(고려)의 여러 세력이 뒤엉켜 서로 싸우며 세력 신장에 힘썼다.
따라서 명나라 왕조에 걸쳐 이 지역 여러 세력의 변천 과정은 복
잡하며 이를 일괄적으로 설명하기는 어렵다. 여기서는 왕고를 포
로로 사로잡아 바치게 되기까지의 경위를 서술하기에 앞서 특히
요동진(遼東鎭)을 중심으로 명나라와 그 주변 세력과의 관계를 통해
이 지역의 연혁을 개관해 보고자 한다.[7]

---

7) 이 장은 다음의 여러 서적을 참조함. 和田淸, 『東亞史硏究』(滿洲篇), 東洋文庫,
1955 ; 和田淸, 『東亞史硏究』(蒙古篇), 東洋文庫, 1955 ; 園田一龜, 『明代建州女眞
史硏究』(正·續篇), 東洋文庫, 1948·1953 ; 河內良弘, 『明代女眞史の硏究』, 同朋
舍, 1992 ; 三田村泰助, 『淸朝前史の硏究』, 同朋舍, 1972 ; 谷光隆, 『明代馬政の硏
究』, 同朋舍, 1972 ; 李建才, 『明代東北』, 遼寧人民出版社, 1986 ; 楊暘, 『明代遼東
都司』, 中州古籍出版社, 1988 ; 拙稿, 「明代遼東の軍屯に關する一考察: 宣德〜景泰
年間の屯糧問題をめぐつて」, 『山根幸夫敎授退休記念明代史論叢』, 汲古書院, 1990.

요동은 명나라의 북변(北邊)에 위치하며 몽골족을 비롯한 북방 여러 민족의 침략에서 중국 영토를 지키는 군사적 요충지의 하나였다. 이곳은 요동진의 관할로 이른바 구변진(九邊鎭) 가운데 하나로써 그 동단(東端: 동쪽 끝)을 담당하였다. 요동은 서쪽으로는 올량합 삼위(兀良哈三衛)와, 동쪽으로는 여진과, 동남쪽으로는 조선과 접해 있고, 남쪽으로는 발해(渤海)·황해(黃海)에 면해 있으며, 내지(內地)와의 교통은 명나라 왕조 그 대부분이 산해관(山海關)을 통한 육로에 의한 것이었다. 이처럼 요동은 세 방면은 비한민족(非漢民族)에 둘러싸이고, 나머지 한 방면은 바다에 면함과 동시에 내지와의 교통편이 나쁜 지세였지만, 요동 자체 그 가운데 한민족(漢民族)을 비롯해 여진·조선·몽골 등 여러 민족을 포함하는 복잡한 민족 구성을 지닌 지역이었다. 따라서 그 통치 방법은 자연히 내지의 그것과는 달랐다. 이곳은 명나라 시대의 포정사사(布政使司) 및 안찰사사(按察使司)가 설치되지 않고 도지휘사사(都指揮使司)만이 설치되었던 군정구(軍政區)이었다.

이처럼 군사적 색채가 강한 성격은 이 지역이 명나라의 판도에 들어간 경위도 한몫했다. 홍무(洪武: 1368~1398) 원년(1368) 명군(明軍)은 대도(大都)를 함락시켜 이곳을 북평(北平)으로 고쳤다. 원나라 순제(順帝)는 명나라의 군사를 피해 응창(應昌)으로 도망쳐 여기서 죽었고, 그의 아들인 아유르시리다라(アユシュリーダラ, 愛猷識理達臘)가 제위에 올랐다. 즉 북원(北元)의 소종(昭宗)이다.

명나라는 북원에 대한 작전을 계속하면서 홍무 4년(1372) 2월 요양(遼陽)에 요동위(遼東衛) 지휘사사(指揮使司)를 두고 북원의 요양행성(遼陽行省) 평장(平章)인 유익(劉益)을 지휘동지(指揮同知)로 삼았다. 이는 전년도에 고려군이 요양을 공격했던 것에 불안을 느낀 요동의 북원 세력이 명나라의 초무사(招撫使)가 찾아온 것을 계기로 투항했던 것에 따른 것이다. 원나라 말부터 고려의 공민왕(恭愍王)은 원의 지배가 흔들리는 것을 틈타 원나라가 설치했던 압록강 서쪽 팔참(八站)을 공격함과 동시에 지금의 함경남도 영흥(永興)에 있는 쌍성총관부(雙城摠管府)를 공략하여 고려의 옛 영토인 함흥(咸興)에서 철령(鐵嶺)까지의 지역을 수복하였다. 게다가 명나라가 대도(大都)를 점령하자마자, 공민왕은 명나라의 정삭(正朔: 황제의 政令)을 받들어 홍무 3년(1370) 이성계(李成桂) 등에게 동녕부(東寧府)의 탈취를 명하여 요양을 공략하게 하였다.

요동위(遼東衛) 지휘사사(指揮使司)가 설치되고 명나라에 귀속한 것처럼 보였던 요동이지만, 여전히 친원세력(親元勢力)이 남아 있는 가운데 유익(劉益)이 살해된다. 이리하여 홍무 4년(1371) 7월 정요도위(定遼都衛) 지휘사사(指揮使司)를 설치해 마운(馬雲)·섭왕(葉旺)을 도지휘사(都指揮使)로 삼았다. 마운 등은 해로(海路)를 통해 금주(金州)에 걸쳐 거기서부터 친원세력을 소탕하면서 요양(遼陽)에 이르렀다. 5년(1372)에 화림(和林)으로 후퇴한 북원(北元)의 소종(昭宗)을 치기 위해 명나라는 15만 대군을 3로(三路)로 나누어 출격시켰다. 동로

(東路)는 이문충(李文忠)이 이끄는 군사가 거용(居庸)에서 응창(應昌)으로, 중로(中路)는 서달(徐達)이 이끄는 군사가 안문(雁門)에서 화림(和林)으로, 서로(西路)는 풍승(馮勝)이 이끄는 군사가 난주(蘭州)에서 감숙(甘肅), 나아가 안서(安西)·돈황(敦煌)으로 각각 진격하였다. 이와 더불어 요동에는 정해후(靖海侯) 오정(吳楨)이 해로를 통해 대량의 식량과 병사를 보급하니, 명나라 군대는 요양을 취하고 나아가 개원(開原) 방면으로 공략에 의한 지배를 진행해 나갔다.

그런데 이 홍무 5년(1372)의 전투는 서로군(西路軍)을 제외한 다른 두 노군(路軍)의 성과가 좋지 못했는데, 특히 서달(徐達)의 중로군(中路軍)은 대패하여 많은 병사를 잃으면서 이후의 북원을 상대로 한 작전에 적잖이 영향을 미쳤다. 이로 인해 한동안 명나라는 대규모의 대외정벌[外征]을 줄였고, 당시 점령하고 있는 지역의 경영에 힘을 쏟았다.

요동의 북방, 지금의 장춘(長春)·하얼빈(ハルビン) 방면에는 북원의 나하추[納哈出, Naghachu]가 있어서 항상 명나라의 북변(北邊)을 위협했는데, 홍무 7년(1374) 공민왕이 살해되고 대신에 신우왕(辛禑王: 신돈의 아들임을 표기한 것)이 보위에 오르자, 고려가 친원정책으로 기울면서 요동은 북원과 고려의 연락을 끊는 역할을 담당하며 군사상 중요한 위치를 차지하게 되었다. 8년(1375) 정요도위(定遼都衛)는 전국적인 도위(都衛)의 개편에 따라 그 이름을 요동도사휘사사(遼東都使揮使司)로 고치고, 10년(1377) 소속의 주현(州縣)을 폐하여 모두 위소(衛所)에 귀속시켰다.

홍무 11년(1378) 북원에서는 소종(昭宗)이 죽고 대신에 동생인 토구스 티무르(トグス・テムル, Togus Temur)가 즉위하였다. 이 무렵 동북에서는 명나라의 우세가 확실해지고 있었다. 12년(1379)에는 마운이 그리고 14년(1381)에는 서달이 각각 지금의 내몽고 자치구의 동남부를 소탕했기 때문에 북원 세력 하에서 명나라에 투항하는 자가 잇달았다. 게다가 13년(1380)에는 고려가 북원과의 통교(通交)를 끊었고, 20년(1387)에는 20만 대군을 이끄는 풍승(馮勝) 앞에 나하추[納哈出]가 항복하기에 이르자 동북에서 북원 세력은 완전히 일소되었다.

명나라는 요동의 경영을 진행하는 가운데 동북의 북부지역을 지배하기 위해 삼만위(三萬衛)를, 나아가 남부지역을 지배하기 위해 철령위(鐵嶺衛)를 설치하였다. 하지만 처음 삼성(三姓)에 설치된 삼만위는 경영이 곤란하다는 점에서 개원(開原)으로 후퇴하였고, 철령위도 강계(江界) 맞은편의 황성(黃城) 가까운 주변에 개설되었지만, 이곳도 유지가 어려워서 심양(瀋陽)의 북방 곧 지금의 철령(鐵嶺)으로 옮겨졌다.

홍무 21년(1388) 정로대장군(征虜大將軍) 남옥(藍玉)은 케룰강(ケルレン河, Kherlen River)으로 군사를 보냈고, 토구스 티무르는 도주 중에 역신(逆臣) 이수데르(エスデル, Yesüde, 也速迭兒)에게 살해되었다. 이리하여 명나라는 전녕위(全寧衛)를 비롯해 태녕(泰寧)·복여(福餘)

· 타안(朶顔)의 삼위(三衛), 즉 올량합 삼위(兀良哈 三衛), 응창위(應昌衛)를 설치하여 북원의 잔존세력을 안착시키는 데에 힘썼다. 이 가운데 전녕과 응창의 두 위[二衛]는 마침내 소멸되는데, 올량합 삼위는 명나라의 기미위(羈縻衛: 변경 지역의 비 본토 소수 민족 지역에 설립된 위)로 오래 존속하였다.

영락(永樂, 1403~1424) 연간은 성조(成祖)에 의한 오도(五度)의 막북친정(漠北親征)에서 볼 수 있듯이 적극적인 대외정벌에 물든 시대이었다. 이때 요동은 북쪽 변방의 방비에 임하면서 대규모의 대외정벌 병참기지로써의 역할도 담당하였다. 영락 7년(1409) 구복(丘福)을 정로대장군(征虜大將軍)으로 삼은 총원 10만의 북정군(北征軍)이 조직되었는데, 그에 앞선 영락 4년(1406) 개원(開原)·광녕(廣寧)에 마시(馬市)가 개설되어 여진·올량합 삼위에서 마필(馬匹)을 구입하는 것이 시작되었다. 게다가 같은 해에 마필의 번식을 목적으로 평량(平涼)·감숙(甘肅)과 더불어 요동에도 원마시(苑馬寺: 지방의 牧政을 담당)를 설치하였다. 이렇게 해서 대량으로 조달된 마필은 군마(軍馬)로써 전선(前線: 전쟁터)에 공급되었다. 또한, 홍무 말년부터 영락 연간에 걸쳐서는 요동에서 대대적으로 군둔(軍屯: 屯田을 설치해 병사가 경작함)이 이루어졌다. 이것은 현지의 군량 자급을 노린 것인데, 요동의 농업 개발에 크게 기여하였다. 명나라 때 요동에서 개간된 경작지 대부분은 군둔에 의한 것이었다.

홍무(洪武, 1368~1398) 연간, 동북의 북원 세력이 소멸함과 동시에 이 지역에 대한 명나라의 관심은 희미해지는데, 성조(成祖)의 적극적인 대외정책에 따라서 또다시 동북의 경영이 각광을 받게 되었다. 정난의 변(靖難之變) 이후 성조는 여진에 대해 초무(招撫: 항복을 받고 책봉과 피책봉의 관계를 형성하는 것)를 행하였으니, 영락 원년(1403) 건주위(建州衛)를 설치해 화아아부(火兒阿部)의 아합출(阿哈出)을 지휘사(指揮使)로 임명했으며, 게다가 송화강(松花江) 유역의 홀랄온(忽刺溫: 송화강 하류지역) 여진야인(女眞野人: 만주의 최북방) 서양합(西陽哈)이 와서 조회하기에 이르렀는데 올자위(兀者衛)를 설치해 서양합을 지휘사로 삼았다. 영락 3, 4년(1406, 1407)경 알타리부(斡朶里部: 吾都里部라고도 함)의 동맹가첩목아(童猛哥帖木兒)가 명나라에 와서 조회하자 그는 건주위 도지휘사(建州衛都指揮使)에 임명되지만, 10년(1413)에 건주 좌위(建州左衛)가 따로 나누어 설치되면서 그 지휘사가 되었다. 7년(1410)에는 흑룡강 하류 지역의 주민이 와서 조회하여 특림(特林)에 노아간도사(奴兒干都司)가 설치되었고, 이때부터 동북 전역에 걸친 명나라의 경영이 대대적으로 진행되었다.

명나라 시대의 여진은 그 거주지에 따라 세 종류로 나뉘었다. 먼저 조선의 동북 경계에서 지금의 길림성 남부에 걸쳐 살았던 사람들을 건주여진(建州女眞)이라 하였고, 이어서 송화강 유역의 사람들을 해서여진(海西女眞)이라고 하였으며, 그 어디에도 속하지 않았던 흑룡강·수분하(綏芬河) 유역의 사람들을 야인여진(野人女眞)이라고 하였다.

이 가운데 건주여진은 송화강 연안의 삼성(三姓)과 그 맞은편 연안의 알타리(斡朶里)를 원래 거주지로 삼았는데, 원나라 말기의 혼란기에 남하하여 화아아부(火兒阿部)는 삼성에서 지금의 길림 지방(건주)으로, 알타리부(斡朶里部)는 알타리에서 혼춘하(琿春河) 유역으로, 그리고 다시 홍무 말년에 화아아부는 휘발하(輝發河) 유역으로, 알타리부는 두만강 연안의 회령(會寧)으로 이주하였다. 이때 각각 명나라의 초무(招撫)를 받고 건주위·건주좌위가 설치되었다. 건주여진의 거주지는 주변을 명나라·조선·몽골이라는 대국에 둘러싸여 항상 그 위협에 노출되어 있었으므로 스스로 국가를 갖지 못하는 약소민족인 그들은 그때그때의 정세에 따라 이주를 반복하였다. 건주위·건주좌위는 우여곡절 끝에 정통(正統, 1436~1449) 연간이 되어서야 마침내 함께 소자하(蘇子河) 유역에 정착하였고, 다시 건주좌위에서 우위가 따로 나누어 설치되었다.

영락(永樂, 1403~1424) 연간의 북쪽 변방 방어는 웅략(雄略: 웅대한 계략)이 뛰어난 성조의 적극적 책략에 의해 받쳐졌는데, 웅대한 계획을 가진 그 정책도 일면으로는 안정성이 결여된 부분이 있어 조만간에 명나라는 북쪽 변방 방어를 위해 안정적이고 항상적인 방어체제를 구축할 필요가 있었다. 정통(正統, 1436~1449) 연간이 되자 요동에서는 먼저 과중한 조세율에 시달리는 둔전병(屯田兵)의 부담을 줄이기 위해 조세율 경감이 이루어졌는데, 이로써 둔전병의 도망을 방지함과 동시에 둔전 포기에 의한 경작지 면적의 감소를

제어하려고 하였다. 게다가 정통 7년(1442) 올량합 삼위의 침략과 노략질을 계기로 요동에 변장(邊牆: 국경 장벽)을 구축하였다. 이때 변장은 산해관(山海關)을 기점으로 동북으로는 진변관(鎭邊關)에 이르고, 거기서부터 서남으로 삼분관(三岔關)에 이르러, 삼분관에서 개원(開原)에 이르는 장대한 것이었다. 이후 성화(成化) 4, 5년(1468, 69)에 개원에서 애양보(靉陽堡)에 이르는 동부 변장이 구축되었으며, 다시 가정(嘉靖, 1522~1566) 연간에 압록강에 이르러 완성되었다. 정통 14년(1446) 오이라트(オイラート)의 에센(エセン: 也先, 몽골의 오이라트부의 수장)은 대동(大同)으로 들어가 토목의 변(土木之變)을 일으켰고, 탈탈불화(脱脱不花, Toghtua Bukha: 마지막 심양왕)는 요동을 침범하여 여기에 막대한 손해를 끼쳤다. 이처럼 요동의 군사적 긴장감이 높아져 변비(邊備: 변경 경비)의 충실이 강하게 요구되자, 그때까지 8대 2였던 둔전병과 수성병(守城兵)의 비율을 2대 8로 하였다. 이로 인해 군둔(軍屯: 屯田을 설치해 병사가 경작함.)은 쇠퇴하고 군량의 자급체제는 무너져서 군량의 대량 부족이 발생하게 되는데, 그것을 보전하는 것으로써 개중법(開中法: 변경 주둔군에 군량을 보급할 목적으로 제정 시행된 소금전매법)이나 경운연례은(京運年例銀: 북경에 운송되는 연례은)이 이 지역의 군량 보급에 있어서 커다란 의의를 갖게 되었다.

그런데 변장(邊牆)의 구축으로 변장 내외의 구별이 확실해지자 내측을 명나라의 세력 범위로 삼고 여기에 명군(明軍)을 주둔시켜 방비에 임하도록 하는 한편, 외측에 대해서는 올량합 삼위와 여진 여러 위(衛)들의 이른바 기미위(羈縻衛)를 설치해 번병(藩屛: 변경의 울타리)으로 삼았다. 명나라 시대에 요동에는 대체로 7,8만 정도의 병사가 주둔하였는데, 산해관에서 개원, 그리고 개원에서 압록강에 이르는 장대한 방위선을 수어(守禦)하려면 설령 둔전병(屯田兵)을 수성병(守城兵)으로 바꾼다고 해도 한계가 있었다. 그런 까닭에 이 지역의 방어를 위해서는 먼저 번병(藩屛)으로서의 기미위를 그 주변에 두고 그 거주지를 몽골과의 사이의 완충지대로 삼아 몽골과 직접 대치하는 것을 피했던 것이다. 그래서 기미위를 항상 명나라의 진영에 붙들어 두는 것이 요동의 방어에 중요한 과제가 되었다. 명나라는 기미위를 회유하기 위해 부족의 추장(酋長)에게 관직을 주거나 마시(馬市)를 열어 무역의 이익을 주거나 하였다. 특히 마시는 명나라의 기미정책으로써 중요한 의의를 지녔으며, 명나라는 마시 무역을 통제함으로써 올량합 삼위와 여진의 여러 위(衛)를 그 지배하에 두려고 부심하였다. 마시는 개원과 광녕(廣寧)에 개설되었을 뿐 아니라, 천순(天順, 1457~1464) 8년(1464)에는 무순(撫順)에도 설치되었다.

정통・천순(正統・天順, 1436~1464) 연간의 요동은 서북에 올량합 삼위를, 동북에 여진의 여러 위(衛)를 기미위로 두고 이들을 번병(藩屛: 변경의 울타리)으로 삼았으며, 다시 그 내측을 변장(邊牆: 장벽)으로 둘러싸는 방어체제를 갖추었다. 이 체제는 이후 명나라 왕조를 통틀어 계승되었다.

이처럼 명나라는 마시의 개설과 관직의 수여를 통해 기미위를 통제 하에 두려고 애썼는데, 실제로는 명나라가 기대했던 것과 달리 여진과 올량합 삼위의 명나라 변경 침략은 끊이지 않았다. 성화(成化, 1465~1487) 연간의 거듭되는 건주여진에 의한 변경 침범 행위에 명나라는 3년(1468)과 15년(1480) 두 차례에 걸쳐 징벌을 위해 군사를 보내게 된다. 그런데 이 출정은 전투에서 공을 세우려는 환관(宦官)과 현지 당국자에 의해 부당하게 일으켜진 측면이 강하다. 아무튼 이로 인해 건주여진은 뼈아픈 타격을 입고 영락(永樂, 1403~1424) 연간부터 관직을 받아왔던 정통 수장층(首長層: 우두머리들)은 차츰 여진사회에서 그 통솔력을 잃어가게 된다.

그리고 성화(成化, 1465~1487) 연간부터 조공(朝貢)하던 여진의 공헌물(貢獻物)이 말에서 너구리 가죽(貉皮)을 주로 한 내용물로 바뀜과 동시에 마시(馬市)에서도 말의 교역보다 너구리 가죽의 교역이 중심이 되었다. 특히 중국 내지의 경제 발전과 더불어 너구리 가죽을 비롯해 인삼과 같은 고급 사치품에 대한 수요가 높아지자, 이것들을 생산하는 지역을 생활의 장으로 삼는 여진사회는 차츰 중국을 중심으로 하는 거대한 경제권 안에 흡수되게 된다.

여러 차례에 걸쳐서 명나라의 토벌을 받은 건주여진이 그 힘을 잃어가는 가운데 여진사회에는 해서여진이 차츰 대두한다. 그들의 거주지는 송화강 유역인데, 그곳은 너구리 가죽의 원산지인 흑룡

강 유역과 명나라의 중간에 위치했으므로 그들은 이 두 지역을 연결하는 중계무역에 종사하면서 거대한 이익을 취하였다. 개중에는 차츰 남하하여 명나라 변경 가까이에 거성(居城)을 짓는 자까지 나타났다. 그들은 교역을 통해서 얻은 부를 이용해 사병을 양성하며 서로 세력을 다투었다. 이러한 추세에 따라 여진의 수관(授官: 관직의 제수) 규정도 바뀌어, 홍치(弘治, 1488~1505) 6년(1493)에는 도독(都督)으로의 승임(昇任)의 경우 부하 중에 변경을 침범하는 자가 없는 자로 제한되었고, 이어서 가정(嘉靖, 1522~1566) 12년(1533)에는 공적만 있으면 도지휘사도 도독으로 승임할 수 있게 되었다. 이리하여 여진사회는 실력 있는 자만이 살아남는 심한 경쟁사회가 되어 간다. 명나라 말에 후룬(フルン) 4부(部)로 알려진 예허(エホ, 葉赫)·하다(ハダ, 哈達)·호이파(ホイファ, 輝發)·우라(ウラ, 烏喇)의 해서여진은 이러한 명나라와 여진의 교역 관계 안에서 탄생한 것이었다.

명나라 변경 가까이에서 유력한 여진의 추장이 등장하는 가운데 요동의 방어력은 잠시 쇠퇴하기 시작한다. 일반적으로 명나라의 북쪽 변경에서는 군둔(軍屯: 屯田을 설치해 병사가 경작함) 쇠퇴에 따른 군량 부족을 개중법(開中法)이나 경운연례은(京運年例銀)으로 보충했는데, 명나라 중엽부터 군량은 경운연례은을 비롯한 은냥(銀兩)으로 조달하게 된다. 이로 인해 북쪽 변경의 물가가 치솟아 급여생활자인 병사의 경제생활을 압박하였다. 이러한 경향은 요동도 예외가 아니었는데, 특히 요동은 북쪽 변경 안에서도 가장 급여의

액수가 낮아 병사의 곤궁화는 큰 문제이었다. 가정 14년(1535)과 18년(1538), 요동에서 군역을 비롯한 과중한 부역과 조세 부담에 허덕이던 병사들이 반란을 일으킨다.

이처럼 요동의 방어체제가 내부에서부터 흔들리기 시작한 가운데, 다시 외부에서도 요동의 변경 방어를 근간에서부터 뒤흔드는 새로운 세력이 나타난다. 가정 26년(1547)경 차하르부(チャハル部)가 알탄(アルタン)세력에 쫓겨 동쪽으로 옮기면서 직접 계료(薊遼) 방면에 위협을 가하게 되었다. 특히 가정 36년(1557)에 토만(土蛮)이 차하르 부족장이 되면서부터 해마다 계속 계료 방면을 침략하자, 명나라의 입장에서는 계주(薊州)와 더불어 요동의 방어가 중요해진다. 이보다 앞서 가정 29년(1550)에는 알탄이 고북구(古北口)에서 침입하여 북경(北京) 일대를 휘저어 놓는 이른바 경술의 변(庚戌之變)이 발생하였는데, 그 후부터 계료총독(薊遼總督)이 설치되어 요동진(遼東鎭)의 방어는 계주진(薊州鎭)과 연결하여 생각하게 되었다.

게다가 엎친 데 덮친 격으로 가정 38년(1559)에는 대기근이 요동을 덮친다. 저하하는 방어력과 높아지는 군사적 긴장. 이 모순을 해결하기 위한 방책으로 행해진 것이 사병(私兵) 곧 가정(家丁)의 대량 등용이었다. 명나라 말의 요동에서 200년 이래 지금까지 없었던 군사상 공적을 올린 것으로 여겨지는 인물이 이성량(李成梁)인데, 그의 전투력의 원천이야말로 바로 이 가정(家丁)이었다. 게다가 여진의 경영이 요동의 방어에 중요한 의미를 지니게 된다. 명나라

는 몽골을 견제하는 하나의 세력으로 여진을 이용한다. 이때 활약했던 해서여진의 영웅이 왕대(王臺)이다. 왕대는 여진에서는 왕한(ワンハン, 王罕)이라고 불리는 인물이다. 그의 조부인 속흑특(速黑忒, suhete)은 정덕(正德, 1506~1521) 연간에 송화강 유역 안쪽 일대(一帶)에서 강성함을 자랑하였는데, 가정 12년(1533)경 우라(ウラ, 烏喇)의 내홍(內訌: 내부 분쟁)으로 살해되었다. 그의 아들 왕충(王忠)은 난을 피해 하다(ハダ, 哈達)로 도망쳤지만, 그는 에부(エヘ, 叶部)의 축공혁(祝孔革)을 살해하여 그의 위세를 크게 드높였다. 왕충은 가정 30년(1551)경 죽었는데, 대신에 생질(甥姪) 왕대가 하다(ハダ, 哈達) 부족장이 되었다. 그는 그 후 만력 10년(1582)에 사망하는 날까지 해서여진뿐 아니라 건주여진도 그의 통제 하에 두었다. 이러한 정세 속에 건주여진의 신규 세력으로 등장한 것이 왕고(王杲)이었다.

4.

왕고를 사로잡아 바치는 사건이 발생한 직접적인 계기는 만력 2년(1574) 7월에 일어난 비어(備禦) 배승조(裴承祖)의 살해 사건이었다.

이에 앞서 융경(隆慶) 6년(1572) 무순(撫順)의 비어(備禦) 가여익(賈汝翼)의 파면을 요구하기 위해 왕고는 무순 일대를 침략하는데, 이로 인해 가여익(賈汝翼)은 파면되었고 나아가 왕고와 명나라 사이에 맹약(盟約)이 맺어졌다. 그 맹약의 내용은 향후 왕고는 명나라 변경을 침략하여 가축들을 약탈하는 일이 없도록 하고, 명나라는 왕고 휘하에서 도망친 이인(夷人)을 수용하지 않기로 규정한 것이었다.

그런데 만력 2년(1574) 7월 왕고의 부하인 내력홍(來力紅) 밑에 있던 내아독(奈兒禿) 등 4명이 명나라 변경으로 도망쳤다. 내력홍은 그들을 돌려보낼 것을 요구하였는데 비어 배승조는 응하지 않았고, 화가 난 내력홍은 그에 대한 보복으로 병사 5명을 납치하였다. 이 무렵 왕고는 공마(貢馬) 500마리와 방물(方物: 특산물) 30바리를 가지고 명나라 변경으로 들어갔다. 그 사실을 안 배승조는 왕고가 괜한 소동을 일으켜 그 물건들을 잃게 되는 일은 벌이지 않을 것으로 생각하여 19일에 5명의 병사를 구출하기 위해 병마(兵馬) 200을 이끌고 내력홍의 영채(營寨)로 향하였다. 그러나 그는 거기서 포위되고 만다. 그곳에 내력홍과 왕고가 달려와 배승조를 설득하려고 하는데 왕고 등의 말을 믿을 수 없었던 배승조는 부하에게 명령해 다수의 이인(夷人)을 살상하였다. 이 일이 양자 사이의 전쟁의 발단이 되었고, 결국 배승조는 살해되었다.

사건이 전해지자마자 장학안은 이성량과 회동하여 차후에 조치해야 할 대책[善後策]을 강구하였다. 이 사건에 대해 ≪무요소략≫의 <비어경입이영피해소(備禦輕入夷營被害疏)>에는 다음과 같이 기록되어 있다.

…酒裴承祖旣違嚴禁, 又不請明, 輕狎夷人, 冒入夷寨, 以致誘圍, 勢蹙, 格鬪, 殞身。雖擒獲夷人三十九名, 豈足以舒殺官損衆之憤? 死有餘辜, 例難卹錄。但一時缺官, 亟宜推補。查得, 坐營中軍丁傲・中固備禦楊謙, 似應於內推用一員, 速去代事。查得, 王杲素受王台約束, 王台適與土蠻結姻, 彼此連和, 聲勢相倚, 或漸起釁端, 試內强弱, 今敢殺邊將, 逆狀甚明, 天討加誅, 似不容已。但今自知犯順, 爲備必嚴, 隙無可乘, 兵難冒進。合無容, 臣等宣諭王台及王杲等部落, 各安心效順, 不許從逆, 候夷心稍懈, 計處已周厚, 集兵糧, 默遣間諜, 或相機搗其巢穴, 或設策擒其酋首, 另選忠順部落, 許其照常貢市, 旣可寢台酋之謀, 亦可奪土蠻之氣。… (역주자 번역: … 이에, 배승조는 엄금 사항을 이미 어겼다고 여기고 또 죄를 밝혀주기를 청하지 않은 채 경솔하게 오랑캐들을 업신여겨 위험을 무릅쓰고 오랑캐의 성채(城寨)를 들어갔다가 유인되어 포위되었고, 전세가 기울어지자 서로 맞붙어 싸웠으나 목숨을 잃었습니다. 비록 오랑캐 39명을 사로잡았지만 어찌 관원이 살해되고 많은 사람들이 손상 입은 울분을 풀 수 있겠습니까? 죽어도 그 죄과를 다 씻을 수가 없고, 전례(前例)상 구휼하기도 어렵습니다. 다만 한동안 관원이 결원되었으니, 빨리 천거해 보임(補任)하는 것이 마땅합니다. 조사해 알아보건대[查得], 좌영 중군(坐營中軍) 정방(丁傲)과 중고비어(中固備禦) 양겸(楊謙)이 내부에서 찾아 등용할 수 있는 사람 중 한 명에 부응할 듯하니, 속히 태거(汰去: 필요하지 않은 관원을 차출함)해 대신하게 해주십시오. 또 상황을 알아보건대[查得], 왕고는 평소 왕대(王台)의 제약을 받았으나 왕대가 마침 토만(土蠻)과 혼인관계를 맺어서 피차간 연합해 명성과 위세를 서로 기댈 수 있게 되자, 한편으로 점차 사단을 일으키려고 안으로 강한지 약한지 시험하다가 지금

감히 변장(邊將)을 살해하여 역모한 죄상이 매우 분명하니, 천벌로 죽이는 것을 그만둘 수가 없을 듯합니다. 다만, 지금 스스로 반역한 것을 알고 반드시 삼엄하게 경비하여 기회를 노려볼 틈조차 없으니, 병사들을 함부로 진입시키기가 어렵습니다. 응당 몸둘 곳이 없습니다만 신(臣)들이 황제의 훈유(訓諭: 가르쳐 타이르는 말)를 왕대 및 왕고 등의 부락들에 널리 알려 각기 안심하고 귀순토록 하여 반역자들을 따르지 못하게 하고서, 오랑캐의 마음이 조금씩 나태해지기를 기다렸다가 계책과 조처를 매우 치밀하고 두텁게 한 뒤 군량미를 모우고 조용히 간첩을 보내어 한편으로는 기회를 살펴 그 소굴을 치고 한편으로는 계책을 꾸며 그 우두머리를 사로잡은 뒤 별도로 충직하고 양순한 부락을 가려 평소대로 공시(貢市)를 열도록 허락한다면, 왕대가 음모를 꾸미지 못하게 할 수 있을뿐더러 또한 토만의 기세도 꺾을 수 있을 것입니다. …)

여기서는 경솔하게 내력홍의 영채에 쳐들어가 스스로 목숨을 잃은 배승조를 비난하고 배승조의 죽음 그 자체에 대해서는 아무런 문제로 삼고 있지 않다.

여기서의 문제는 당시 하다(ハダ, 哈達)의 왕대(王臺)가 토만(土蠻)과 혼척(婚戚: 혼인으로 맺어진 친척) 관계를 맺은 데 있었다. 이에 앞서 만력 2년(1574) 4월 토만의 조카 황대길(黃臺吉)이 왕대와 결연을 맺기 위해 5,000기병을 이끌고 북관(北關)에 도착해 앙가노(仰加奴)에게 알선을 부탁한다. 왕대는 거절했다가는 반드시 자신에게 화가 미칠 것으로 생각해 어쩔 수 없이 이를 승낙한다.[8] 이때 명나

라는 왕대가 토만과 연결되는 것에 강한 우려를 품었다. 왕고에 의한 배승조 살해 사건이 발생하자, 왕고가 왕대의 통솔 하에 있다는 점에서 장학안과 이성량은 사건의 배후에 왕대가 있다고 생각하여 왕대 등이 배승조를 살해해 그 후 명나라의 반응을 보고 틈이 보이면 명나라 변경을 치려는 계략을 꾸미고 있는 것으로 보았다. 따라서 여기서는 왕고의 처벌을 목적으로 하는 것이 아니라, 오히려 명나라의 강경한 태도를 보여줌으로써 토만이나 왕대에게 명나라 변경을 침략할 틈을 주지 않으려고 왕고 토벌을 결정하였다. 그리고 토벌 후에는 왕고를 대신해 명나라에 충성하고 순종할 여진을 골라 거기에 공시(貢市)를 허락한다는 것이 정해졌다.

이리하여 만력 2년(1574) 10월 2일, 이성량은 군대를 이끌고서 무순을 향했고 10일 왕고의 고륵채 앞에 포진하여 성을 포위 공격해 성의 안팎에서 1,104명의 목을 베었다. 이때 왕고는 우선 난을 피하고 보복하기 위해 토만과 결탁하여 명나라 변경 침략을 꾀하면서 일단 왕대에게 몸을 의탁하였다. 한편, 명나라에서는 무순관에 와 있었던 시이(市夷: 공시하러 온 오랑캐)를 억류하여 인질로 삼아 그 친족에게 왕고의 행방을 찾게 하였다. 왕대는 명나라의 강경한 대응을 보고 다시 왕고 때문에 명나라 군대의 공격을 받을까 두려워 만력 3년(1575) 7월 4일 왕고를 명나라에 넘겼다. 그 후 왕고는

---

8) 園田一龜,『明代建州女眞史研究』(續篇), 東洋文庫, 1953.

북경으로 보내어졌고, 8월 29일 오문(午門)에서 헌부의식(獻俘儀式)[9]
이 거행되어 그날 바로 서시(西市)에서 능지형(凌遲刑)에 처해져 그
의 머리는 무순(撫順) 문밖에 걸리게 되었다.

그런데 이 왕고 토벌 사건은 요동의 현지 당국자뿐 아니라 당시
중앙정계의 거물 장거정(張居正)의 관심을 끌었다. ≪장태악집(張太
岳集)≫ 권 38, <요동대첩사은소(遼東大捷辭恩疏)>[10]에 다음과 같이
기록되어 있다.

…玆者遼左之捷, 實仰賴我皇上聖武昭布神威震疊, 一時文武將吏遵奉
廟算, 同心戮力之所致。然論其力戰之功, 尙當以將士爲首。故臣等昨
者擬票, 加恩該鎭諸臣, 首敍總兵, 賜賚獨厚。雖總督·巡撫身在地方
親理戎務者, 亦視之有差。誠以摧鋒陷堅, 躬冒矢石, 本諸將士之力,
固非坐而指畫者所可同也。… (역주자 번역: … 이번 요동좌위의
승첩은 실로 황제의 성스런 武德이 펼쳐지고 신령스런 위엄이 크
게 떨쳐진 것에 힘입은 동시에 문무의 관리들이 묘당의 계책을
좇아서 받들어 한마음으로 온 힘을 다하였기 때문입니다. 그러나
힘써 싸운 공적을 논하자면 오히려 의당 장수와 병사들이 으뜸일
것입니다. 때문에 臣들은 지난번 의표(擬票: 각처의 奏本이 내각에
송달되어진 후에 내각의 구성원이 붓으로 임시쪽지[浮票]에 미리 批
答할 것을 헤아리고 다시 보내어 황제의 결재를 받는 것)에서 해당
鎭의 신하들에게 은혜를 베푸는데 맨 먼저 總兵을 서술하고 하사

---

9) ≪만력기거주(萬曆起居注)≫, 萬曆 3년 8월 29일 甲午조.
10) 동일한 記事가 ≪만력기거주(萬曆起居注)≫의 萬曆 2年 11월 13일 癸未조에 있
음.

품을 유독 후하게 하였습니다. 비록 총독과 순무는 몸소 지방에서 친히 군대에 관한 일을 처리하는 자라 하지만 또한 이를 보는 시각에는 차이가 있을 것입니다. 진실로 적의 칼날을 꺾고 굳은 敵陣을 함몰시키며 몸소 화살과 돌멩이를 무릅쓴 여러 장수들과 병사들의 힘은 본디 앉아서 지시하는 자와 같을 수가 없습니다. …)

이 왕고에 대한 토벌의 전투에서 세운 공적은 당시에 보기 드물 정도로 혁혁한 것이었다. 이러한 경우 때때로 논공행상에 따라 문관이 높이 평가되고 실제로 공을 세운 무관은 그다지 평가 받지 못하게 마련이었는데 장거정은 오히려 무관인 총병관(總兵官)의 공을 제일로 삼아야 한다고 주장한다.

이처럼 장거정은 무관을 높이 평가함으로써 사기를 진작시키려고 힘썼는데, 이러한 배려는 당시 요동이 처한 정세와도 깊은 관련이 있다고 생각된다. 이 무렵 그가 요동에 대해서 어떠한 생각을 가지고 있었는가는 ≪장태악집≫ 권 28, <답총독장심재계전수변장(答總督張心齋計戰守邊將)>에 다음과 같이 기록되어 있다.

辱示虜情, 俱悉. 公所應之者, 誠爲得策矣. 今全虜之禍, 咸中於遼. 連歲彼雖被創, 我之士馬, 物故亦不少矣. 彼旣憤恥, 必欲一逞. 今秋之事, 殊爲可虞. 昨已屬意本兵, 於貴鎭兵食, 比他鎭尤當加意. …
(역주자 번역: 그대가 보내준 편지에서 오랑캐의 정세를 모두 자세히 알 수 있었소. 公이 대응한 것은 참으로 좋은 계책이었소.

지금 온통 오랑캐의 화란은 모두 요동에서 일어나고 있소. 해마다 저들이 상처를 입었을지라도, 우리의 군사와 군마가 죽은 것도 적지 않소. 저들은 이미 분하고 부끄럽게 여겨 기필코 한번 분풀이하려고 할 것이오. 금년 가을의 일은 대단히 걱정스럽소. 어제 이미 병조판서에 뜻을 두었으니, 貴鎭의 군사와 군량을 다른 진에 비해 더욱 유념해야 할 것이오. …)

이것은 장거정이 요동순무의 장학안에게 보낸 서간이다. 이 무렵 이미 알탄(アルタン)은 순의왕(順義王)에 책봉되어 명나라와 화의를 맺고 있었으며, 변경 방어가 시급했던 것은 토만(土蠻)과 대치하는 계료(薊遼) 방면이었다. 요동은 이러한 정세에 있으면서 동에서 토만의 세력을 견제하는 중요한 역할을 담당하고 있었다. 그런 까닭에 그 방어력 증강에 장거정은 다대한 관심을 보였다. 그는 이때 변진(邊鎭)으로의 군사 지출 중 특히 요동을 우선하도록 지시를 내렸다고 한다.

그런데 명나라 말의 요동에 군벌 세력을 형성한 인물이 있었는데, 그가 바로 이때 군사상의 공적을 인정받은 이성량이었다. 그는 오랫동안 요동에 있으면서 많은 공적을 세웠는데, 그가 오래도록 그 지위를 유지할 수 있었던 것은 다름이 아니라 중앙정계와의 강력한 연결이 있었기 때문이다.[11] 그가 세운 군사상의 공적은 그저

---

11) 和田正廣의 「李成梁權力における財政的基盤」(1)・(2), 『西南學院大學文理論集』 25
   (1)・(2), 西南學院大學學術研究所, 1984 ; 「李成梁一族の軍事的 擡頭」, 『八幡大學

그의 것만이 되었을 뿐 아니라 중앙의 요직에 있는 자에게 큰 도움이 되었다. 이러한 중앙 정계와 그의 결탁이 그로 하여금 요동의 엄청난 권력자가 되게 만들었다. 이러한 이성량과 중앙정계의 관계는 장거정에 의해 시작되었고, 그것은 그야말로 이 왕고 토벌과 왕고를 포로로 사로잡아 바치는 것을 계기로 발생했다고 생각할 수 있다.

마지막으로 이 사건이 여진사회에 미친 영향에 대해서 한마디 덧붙이고자 한다. 이 무렵 건주여진의 영웅으로 활약했던 왕고이지만, 그가 죽은 뒤 한동안 그와 관련된 인물은 나타나지 않았다.

그런데 고륵채(古勒寨) 공략 후에 왕고의 행방을 찾기 위해 명나라가 시이(市夷)를 인질로 삼아 그 친족에게 왕고를 찾게 했다는 것은 이미 서술한 바와 같은데, 여기서 흥미로운 점은 그 시이(市夷) 가운데 명나라는 누르하치(ヌルハチ)의 조부 기오창가(ギョチャンガ, 覺昌安)가 있었다고 한다. ≪황명경세문편(皇明經世文編)≫ 권501, <요궁첨문집(姚宮詹文集)·건이수관시말(建夷授官始末)>에 다음과 같이 기록되어 있다.

社會文化研究所紀要』19, 八幡大學社會文化研究所, 1986 ; 「李成梁一門の戰績の實態分析」,『八幡大學社會文化研究所紀要』20, 八幡大學社會文化研究所, 1987 ; 「李成梁の戰功をめぐる欺瞞性」,『八幡大學社會文化研究所紀要』 21, 八幡大學社會文化研究所, 1987 ; 「李成梁と政府諸機關との癒着關係」,『八幡大學社會文化研究所紀要』22, 八幡大學社會文化研究所, 1988.

…當王杲之敗走也, 成梁等以市夷頭目叫場[12]等爲質, 遣其屬物色杲。乃從王臺寨中得之, 已又殺叫場及其子他失[13]。叫場·他失者, 奴兒哈赤之祖若父也。… (왕고가 패하여 달아나자, 이성량 등이 市夷의 두목 叫場을 인질로 삼아 그 친족들로 하여금 왕고를 찾게 하였다. 그리고 마침내 왕대의 성채 안에서 왕고를 붙잡았으나, 이미 또한 규장 및 그의 아들 타실이 살해되었다. 규장과 타실은 누르하치의 할아버지 및 아버지이다.…)

기오창가(ギョチャンガ, 覺昌安)와 타크시(タクシ, 塔克世)는 만력 11년(1583) 이성량이 왕고의 아들인 아타이(阿臺)의 거성을 공격했을 때 잘못해서 명나라 병사에게 살해되고 마는데, 이 사건을 계기로 이성량으로부터 신임을 얻고 그 후에도 지원을 받으며 스스로 세력을 신장시켰던 자가 바로 누르하치(ヌルハチ)였다.[14] 앞서 인용한 ≪무요소략≫의 <비어경입이영피해소(備禦輕入夷營被害疏)>에는 왕고 토벌에 앞서 이미 여진 안에서 왕고를 대신할 인물을 고르는 것이 계획되어 있었다. 만력 11년(1583) 누르하치는 조부 기오창가와 아버지 타크시의 죽음으로 이성량의 환심을 사는데 성공하였

---

12) 역주자 주) 叫場(규장): 명나라 때 사람. 建州女眞 수령의 한 사람으로, 福滿의 넷째 아들이자, 누르하치의 할아버지가 된다. 覺昌安 또는 覺常剛, 敎場으로도 부른다. 청나라 때 추존하여 景祖翼皇帝라 불렀다. 만력 11년(1583) 손자사위 阿臺가 古埒寨에서 명나라 李成梁의 군대에 포위당하자 아들 塔克世와 함께 성에 들어가 손녀를 데리고 돌아오려 했다. 그러나 성이 함락되자 피살당했다.
13) 역주자 주) 他失(타실): 塔克世 또는 塔失. 누르하치의 아버지이다.
14) 和田淸, 「淸の太祖と李成梁との關係」, 『東亞史論叢』, 生活社, 1942.

다. 이성량은 아타이의 거성에 있었던 칙서(勅書) 20개, 마필 20마리를 주었다. 이것은 9년 전 이성량이 왕고를 토벌하기 전에 이미 심중에 있었던 계획을 실현한 것이다. 왕고를 포로로 사로잡아 바친 것을 통해 이성량은 권세에 오르는 첫걸음을 떼었다. 그리고 이 일은 또 후에 청나라의 태조가 되는 누르하치가 거병하여 스스로 인생의 길을 개척하는 근원이 되기도 하였다.

그런 의미에서 왕고를 포로로 사로잡아 바친 것은 명나라 말기의 요동에서 기념비적 사건이었다고 할 수 있을 것이다.

撫遼俘勦建州夷酋王杲疏略

여기서부터는 원문을 인쇄한 부분으로 136면부터 보십시오.

〔註〕

(1) 奎章閣の沿革については、慎鏞廈「奎章閣図書의 変遷過程에 대한 一研究」『奎章閣』五。末松保和「奎章閣と奎章総目」『小田先生頌寿記念朝鮮論集』(大阪屋号、一九三四)参照。

(2) 慎鏞廈「奎章閣総目解題」、「奎章総目原本(縮小影印)」『奎章閣』四。

(3) 中村栄孝「朝鮮全州の史庫とその蔵書——壬辰丁酉の乱と典籍の保存——」『名古屋大学文学部研究論集』五、史学二。

(4) 前掲「朝鮮全州の史庫とその蔵書」

(5) 裵賢淑「江華府史庫収蔵本考」『奎章閣』三。

(6) 鄭演植「内閣訪書録해제」、「内閣訪書録(縮小影印)」『奎章閣』一三。

(7) 本章は以下の諸書を参照した。

和田清『東亜史研究』(満洲篇)(東洋文庫、一九五五)、同『東亜史研究』(蒙古篇)(東洋文庫、一九五九)、園田一亀『明代建州女直史研究』(正・続篇)(東洋文庫、一九四八・五三)、河内良弘『明代女真史の研究』(同朋舎、一九九二)、三田村泰助『清朝前史の研究』(同朋舎、一九七二)、谷光隆『明代馬政の研究』(同朋舎、一九七二)、李建才『明代東北』(遼寧人民出版社、一九八六)、楊暘『明代遼東都司』(中州古籍出版社、一九八八)、拙稿「明代遼東の軍屯に関する一考察——宣徳～景泰年間の屯糧問題をめぐって——」『山根幸夫教授退休記念明代史論叢』(汲古書院、一九九〇)。

(8) 前掲『明代建州女直史研究』(続篇)。

(9) 『万暦起居注』万暦三年八月二九日甲午の条。

(10) 同様記事が『万暦起居注』万暦二年一一月一三日癸未の条にある。

(11) 和田正広「李成梁権力における財政的基盤」(1)(2)『西南学院大学文理論集』二五—一・二、「李成梁一族の軍事的台頭」「李成梁一門の戦績の実態分析」「李成梁の戦功をめぐる欺瞞性」「李成梁と政府諸機関との癒着関係」『八幡大社会文化研究所紀要』一九～二二。

(12) 和田清「清の太祖と李成梁との関係」『東亜史論叢』(生活社、一九四二)。

奎章閣訪問に際し、御多忙のなか、資料閲覧のために便宜をはかっていただいた、ソウル大学校人文大学教授閔斗基先生及びに奎章閣資料管理室長李相殷先生にこの場をかりて心より感謝致します。

奎章閣所蔵「撫遼俘勲建州夷酋王杲疏略」について(諸星)

八七

日期不等、又搶去男婦李当児等六十四名口、又殺死軍余金斗等七名。有巡撫張都御史・鎮守李総兵題奉、欽依、会兵。

於十月初十日、破其城寨。呆又預知、脱走。万暦三年二月内、又糾衆〔科〕、入搶報復。蒙撫鎮会遣曹副総兵黙差家丁潜出

辺外、囲剿〔及〕、呆偽以蟒掛紅甲授親夷阿哈納、奪路、呆又得脱走。

皮布段等物、要投北虜速把亥・土蛮営、勾引達子、大搶遼東、報復。聞、撫順関将市夷質留、捜堅急緊。呆思起、海

西夷首王台平時交結相厚、兵馬衆強、暫投台寨、以図転送北虜。有台見撫鎮行開原賀兵備・唐参将、宣布索呆。恐官

軍搗巣。於七月初四日、同子虎児哈往石三馬頭、将呆執、至辺外。有賀兵備等差官兵出辺、将呆擒入、解至広寧。前

情是的。為照王呆前罪神人共憤、死有余辜。但断罪、原無正律相応。比照殺一家、非死罪三人、凌遅処死。決、不待

時、仍梟示九辺、以為諸夷之警、等因。到道、転報、到臣。復取革留王呆等勅書一十八道、逐一検審、内一道科勺即

是王呆、四道王疙疸等倶係呆已死親族。歴年差人頂名進貢。倶発都司類繳、其余詔道等一十三道不係呆族。仍查給各

夷収領、及覆審。王呆節年搶掠地方、殺虜官軍、倶与前相同。雖随従部夷甚多、其主謀科〔科〕聚、主使殺虜、則本呆為首。

但伊自知罪在心死。信口妄攀諸夷、即其言辞変詐、益見才智奸雄。今既擒獲、相応照律、擬罪、拠此。臣会同総督楊

兆・総兵官李成梁・巡按劉台、備查大明律開載、並無虜酋入犯搶殺官軍擬罪之条。今呆本以属夷背負国恩、逆違天

道、襲陥城堡数処、殺虜兵馬人畜数多。擬以殺一家三人之条、不足以尽前

罪百分之一。但査、無正律、不敢妄擬案、候間、今准前因、謹遵明旨、選差千総指揮柯万・通事千戸陳紹先帯領軍人、

防護、械送京師。伏乞、勅下兵部、査収、恭請聖裁。計開、縛献逆酋一名王呆。奉聖旨、兵部知道、

欽此。該兵部咨礼部、行欽天監、択吉。是日、皇上親登午門城楼、文武百官侍班、将建州逆酋王呆献俘訖。刑部具招、

即日押呆赴西市、凌遅処死。函首付遼、梟示撫順関外。

八六

士。惡貫已盈、罪在弗赦。所幸、總督鎮巡諸臣仰承廟算、督責各道将領等官。先之、質留市夷、令家属追求日急、因

驅入王台寨中。継之、宣諭国恩、使王台羈献前来、遂俘之開原境上。本部咨行礼部、及行刑部、議辟、挙行献俘之典。仍将杲首懸

慎。合無恭候命下行、令該鎮将杲械送京師。奉聖旨、這逆酋就擒、足除禍本、着械解来京、献俘正法、張

置通貢辺関処所、示元兇以必死、為永戒於将来、等因。欽此。臣即望闕叩頭、恭謝天恩外、拠

学顔計擒逆虜、具見忠略、賞銀三十両。紵絲二表裏、其余依擬、欽遵。備咨到臣。欽遵。

查得、逆杲於七月十七日、解至広寧。審得、夷酋王杲、年四十七歳、係建州右衛都指揮使。歴年在辺搶掠。恐革去貢市、不合将本名王杲改

同知寶文申呈。臣即行分巡兵備僉事張子仁、将本酋審其所犯情罪、以憑具奏。隨拠該道呈。拠

為科勾朦、令部夷討換勅書頂名、入貢。因素通北虜番漢言語字義、又善推算命数、逞恃強悍、将建州諸酋兵馬倶収回、

部下悉聴調遣、屢入遼東地方、搶掠。嘉靖三十六年十月十二日、入犯撫順、殺死備禦彭文洙。三十七年二月三十日、

入犯東州、殺死提調王三接・把總王守廉・守堡鄒国珍。三月二十二日、入犯撫順、入犯会安堡、殺死把總張住并備禦王世勛下次

男王貢等十一員名。七月二十一日、入犯、攻陥威寧営堡、殺死守堡袁禄并男婦三百一十五名口。八月二十七日、入犯

撫順、殺死男婦万朝用等一百九十二名口、虜去男婦宋弼等一百七十三名口、焼死男婦潘剛等一百一名口、焼燬樓台二

座・房六十間。九月十八日、入犯一堵墻、殺死提調李松・守堡康貢等数十員。四十年不記月日、犯白崖子、殺死遼陽

把總千戸湯欒・百戸于欒。四十一年五月二十八日、犯湯站、殺死副總兵黒春・把總田耕・指揮陳其学・戴臬。

把總劉承奕・管隊百戸劉仲文誘出殺死、剖腹剜心、又将軍人殺死、虜去連盔甲馬匹共二百七十六名。又自本年九月以後、

四十二年失記月日、入犯遼陽、殺死指揮王国柱・楊五美。四十四年五月二十六日、又犯孤山、殺死守堡指揮李世爵、

其余虜兵馬人畜甚多、不計其数。隆慶六年八月十二日、入犯撫順所万鋭屯、殺死指揮王重爵・王宦・康鎮・朱世禄

等八十五員名、回営身故岳州柱等三十五名、搶虜男婦二百余人。万暦二年七月十九日、又将撫順遊撃管備禦事裴承祖・

有名之師、而感其恩。若通不准貢市、似為已甚。況奉部覆、欽依、候執献夷人与原被殺軍士相当、将原監夷人火遣回、即准貢市。今剿殺之数不啻数倍、而無辜夷人難以一概阻絶。合無容臣等俟夷人大疼克・三章等将放出前夷赴関回話之日、宣布朝廷不忍尽殺之心、准其照常入貢、以全祖宗貢夷之旧典、以広皇上浩蕩之宏恩。庶属夷不起叛萌、辺人得以安堵、至於厳哨備、以防残夷之報復、酌撫賞、以釈王台之疑懼、明禁例、以絶関隘之私交。臣等酌量緩急、従宜處置、不敢幸一時之功、以忽善後之策。不敢忘二酋之竄、以貽将来之憂。時賊巣初平、戎務方劇。如有未尽、応議事宜。今而破虜伸威、悉由主将効力。得不償失、有罪無功。豈敢掩将士血戦之労、以自贖矇矓之咎、反躬待譴。臣無任隕越惶懼之至。臣等再行陳請、伏乞、勅下兵部、併加議、擬行臣等、遵奉施行。奉聖旨、兵部看了、来説。

該兵部題奉聖旨、朕以冲年嗣位、近来、辺境寧謐、強梁者綏服、干犯者必誅、凡此武功、豈朕之涼德所能致、実頼我祖宗列聖威霊之所震蕩、克遂有成、還着礼部択日、遣官、告於太廟、用丕揚我列祖之洪庥、其余俱依擬、欽此。

該兵部覆議、看得、巡撫遼東右副都御史張学顔才堪盤錯、忠利艱貞、奉廟算、以周旋、則先之文告、継之甲兵、彰天朝声罪致討之烈、授将謨以督発、則分而為奇、聚而為正、震中国戦勝攻克之威、訐謀実得於万全、偉績有光於千古、功当特叙。

該兵部覆議、奉聖旨、該鎮奉辞討罪、斬馘数多、各文武将士労績殊常、朕心嘉悦、張学顔尽心迄務、屢獲奇功、陞兵部右侍郎兼都察院右僉都御史、賞銀八十両・大紅紵絲飛魚衣一襲、廕一子錦衣衛世襲百戸、仍賜勅奨励、照旧巡撫。

○献俘疏

題、為仰仗天威、擒獲逋誅逆酋事。本年八月十五日、准兵部咨。該臣等会題前事、本部覆議、建州夷人、自永楽初年、与之開設衛分、封授官爵、使修職貢、為我属夷、世受国恩、作為藩屏。維茲逆酋王杲云云至致戕殺我将領、拘留我軍

案照、先准兵部咨、為備禦輕入夷營、等因。臣念係、祖宗貢夷若不分別撫処、不免玉石俱焚。因於九月初九日、親到

撫順所、将原監夷人乃哥・小厮・買頭三名放出、示以見存勅書、却回已進方物、令伝諭各酋。但将殺官下手夷人綁献、

及将原虜軍士馬匹尽数送還、即准馳奏、恭候朝廷処分。在彼、得以復貢、在内、得以休兵。国体辺防一挙両便。廼王

杲自称雄長、不肯請罪、又乗隙入搶。九月以来、今日犯清河、明日犯東州、明日又犯会安。撫順、入寇更無虚日。是

朝廷屢開赦宥之門、逆酋自絶生全之路。臣等恭捧綸音、適値時

勢両難之会、欲悉師東下、既欲待援薊鎮、復恐失備河西、欲再俟緩図、既恐養患愈深、且恐河東失守、因酌量虜報後

先、揣度彼已虚実、万不得已、発兵前去。又慮戎卒多与交通鄰夷、皆其耳目。若使機事不密、堕賊誘謀。或調度不周、

自取失利。又或攻城不克、大衆徒労。万一城堡因而疎失、臣等不知死所矣。所幸、総兵官李成梁兵到、而賊不知、兵遇、則

老師費財。欲戦、則兵疲気懾。万一城堡因而疎失、臣等不知死所矣。所幸、総兵官李成梁兵到、而賊不知、兵遇、則

賊即潰。初禦於山衝、而大衆披靡継薄於城下、而堅壁立傾、先攻毀木柵数層、次攻破石墻百丈。又次攻倒石台、焚絶

房屋。及賊来追、又旋兵堵剿。在巣者已無噍類、在外者不敢救援。斬獲酋首及夷首一千一百四顆。獲馬牛盔甲以千計、

夷器等件以万計。雖来力紅尚未成擒、王杲係酋長、勢強而害大。来力紅係部夷、勢弱而害軽。今杲

之子弟王太等五人授首、足以抵裝承祖之死。親党一千余名伏誅、亦足以洩被虜軍人之憤。兵出不過八日之間、功成迫

踰十捷之外。王台部落以唇亡而喪胆。還遼諸酋以観釁而寝謀。不但東遼免剥膚之憂、即薊門亦可免震鄰之恐。各辺貢

市諸夷当聞風知懼、而益堅納款之誠。良由我皇上神武布昭、云云。再照、籌辺期内外相安、禦夷当撫剿並用。撫而不

剿、則養成之患深。剿而不撫、則激成之患速。今来力紅勢微力弱、既棄寨遠逃。王杲先報死於火中、後報僅以身免、

尚無的拠。臣不敢雷同遽信、以取他日欺罔之罪。今又蔔匍軍前、叩馬陳乞。是衆夷知杲有不赦之罪、而幸其敗。知我為

二百五十六道、平時倶效忠順、殺官原不与謀。候査、得実、另処。但其部落大疫克等已験過馬四百五十六匹・勅書

合營、分為八路、列一字陣、迎鋒直進。前賊四散、奔入王杲寨內、乘城拒守。李総兵分布。副総兵楊騰帶領遊撃丁做

并中軍千把總凌雲・高延齡等十余員、在南方。參将曹簠・遊撃王惟屏等二十余員在西。李総兵領中軍千把總陳可行等

十余員、居中、為一字陣。仍以選鋒千把總劉崇等二十余員、為二字陣。專防援兵、待戰。千把總李萼等十余員列一大

營、專為外應。分布已定。又申諭各官兵、奮力攻打、務期城破、盡滅此賊。專防援兵、即斬以殉、如遇漢

人、不許妄殺。遂用火炮・火鎗・火箭打放。諸軍継進。先斫開木柵数層、攀縁蟻附、直上、斫破城堞。賊曾矢石如雨・

極力拒堵。我兵不避鋒鏑、四面攻圍、于志文・秦得倚・熊朝臣・王朝卿等首先登城、独陥東北角。千総高雲衢・

王守道・蔣国泰・把總朴守真・彭国珍・垈広。官軍遂四面斫入。各賊一擁拒戰。官軍奮勇剿殺。内仍

有高閣大台一座。精兵達賊三百余名俱趨台上、射打。官兵環攻愈力、良久、亦陥。首級尽行割取、共斬一千余顆。并

得獲馬匹・夷器。火箭飛起、焚燒積草房屋、烈焰蔽天。将王杲等住房約有五百余間燒尽。其達賊圧燒数多、首級不及

割取。隨有寨外王杲部賊聚集無数、沿山吹掌海螺、来奔救援。李総兵復督率前項将領官軍、迎鋒敵住。賊俱騰山鑽林、

就陣。斬獲首級百余顆、得獲達馬・夷器等件。盧室悉焚、巢壘蕩平。總計内外斬獲首級共一千一百四顆。得獲馬共

四百二十三匹・牛一百二隻・盔五百四十三頂・甲四百三十九副夷器等件。至酉時、分収兵、進境。十六日、又拠陳可

行報称。李兵回兵之時、王杲鄰寨夷人大疫克・三章等約有四五百、在山坡環跪、口称、王杲等殺官、他自尋死、又

将我衆達子攔阻、要殺、不許近関。因他人衆、勢強、不能執献。今馬法不殺別寨一箇人、不動我寨辺一根草、只殺了

他寨內父子親枝。是天開了眼、替我衆達子除害。哀告馬法、將監的達子放出、奏知皇爺、准我們貢市。如我衆達子有

作歹的馬法也、照王杲平了他巢死生未的、先即差人、行査。十七日、又拠遊撃丁做掲報。

聞得、王杲同一小達子跑出、不知実否、候再査的、另報、等情、各到臣。拠此、除斬獲首級、行該道、呈送巡按衙門、

紀験明白、有功首従人員、量犒銀牌花紅、陣亡被傷人員、俱給棺木・湯薬・銀両・馬匹・夷器等項、給賞隨營官軍外、

棄其重資。若照常宣布、前項軍余自当送回。廼裴承祖既違厳禁、又不請明。軽狎夷人、冒入夷寨、以致誘囲。勢窮格闘、殞身。雖擒獲夷人三十九名、豈足以舒殺官損衆之憤。死有余辜。例難卹録。但一時欠官、亟宜推補。彼此連和、坐営中軍丁做・中固備禦楊謙似応於内推用一員、速去代事。査得、王杲素受王台約束。王台適与土蛮結姻。彼此連和、声勢相倚。或漸起釁端、試内強弱、今敢殺辺将逆状甚明。天討加誅、似不容已。但今自知犯順、為備必厳、隙無可乗、兵難冒進。合無容臣等宣諭王台及王杲等部落、各安心効順、不許従逆。候夷心稍懈、計処已周厚、集兵糧、黙遣間諜、或相機擣其巣穴。或設策擒其酋首、另選忠順部落、許其照常貢市。既可復台酋之讎、亦可奪土蛮之気。其擒獲夷人三十九名、似応梟示関門、以雪衆恨。伏乞、勅下兵部、通加覆議、行臣等、遵奉施行。奉聖旨、兵部知道、欽此。該部覆、奉聖旨、這事情、着張学顔・李成梁相機処置、其余俱依擬。

○討平逆酋堅巢疏

題、為恪遵明旨、仰伏天威、討平逆酋堅巢、恭報異常大捷事。万暦二年十月十四日、拠分守遼海東寧道参議翟繡裳呈。本年十月十三日、拠坐官中軍陳可行差夜不収馮景陽執火牌内称。案照、本年七月中、建州酋首王杲主謀、在来力紅寨内、殺死撫順管備禦裴承祖・千総劉成奕、又殺虜軍十二百余名。蒙撫鎮会題兵部覆議移咨。撫鎮宣布王台、将造謀王杲、来力紅正身、綁献関下。併作歹夷人与殺死軍数務要相当。若執迷不悛、会調精強兵馬、或以正兵擣其巣穴、或出奇兵、擒其首悪。斯得国威可伸。奉聖旨、這事情、着張学顔・李成梁相機処置、欽此。該臣遵照題奉、欽依、事理会行。鎮守李成梁、於十月初二日、統領中軍選鋒家丁把総官軍、赴撫順所、相機防撫。初七日、駐来章屯。適中以俟哨報、隨賊向往。初八日、移駐藩陽良屯。楊副総兵移駐鄧良屯。清河遊撃王惟屏調駐馬根単。各犄角聯絡。初九日、曹簠追賊、斬獲首級四顆。初十日、拠丁做報。賊三千余騎従五味子衝進入。李総兵伝調、各設伏兵馬、四集

その意味で、王杲献俘は明末の遼東にあって記念碑的事件であったといえよう。

五

○撫遼俘勦建州夷酋王杲疏
○備禦軽入夷営王杲疏略

欽差巡撫遼東地方兼賛理軍務都察院右副都御史臣張学顔謹題、為備禦軽入夷営、被害、乞賜速補、以安地方事。万暦二年七月二十一日未時、拠瀋陽参将曹簠差夜不収周雷報称。本日十六日、建州達賊搶去台軍三名・打草軍二名。十九日、撫順備禦裴承祖帯領兵馬二百、逕到来力紅塞内、索要。有各賊将裴承祖囲住、不放進来。有酋首王杲・来力紅将各賊攔住、不曾勦手。曹簠与遼陽副総兵楊騰、於二十日寅時、帯領兵馬、前往撫順所、策応去訖、等因。二十二日辰時、又拠曹簠差壮丁孫国臣口報。本月十九日、有裴承祖見建州夷人方物到駅、筏木到河、帯兵二百余名、赴来力紅塞子、追要搶出軍夜。説、你着達子囲我、你要作歹。呼衆兵、斫傷達子数多。被達子一擁衝射。承祖見被囲住、有王杲弟王太差達子二名、将国臣等三名送到関。説、要講和。有承祖家人同千戸王勲聞、承祖被囲、擒挈達子三十九名、送監、等情。二十四日、拠兵備僉事馮顕掲。為辺情事。本年七月二十二日酉時、准副総兵楊騰報称。本職拠報、即時統兵応援、至撫順城渾河。遇曹簠差夜不収裏報。説、有承祖并把総劉承奕等兵馬在来力紅塞内、被賊殺死、等因。到臣。時臣在寧前地方、督視台工。拠報、不勝驚異。会同総兵官李成梁、議照、建州属夷王杲・来力紅等自昔年送還人口、撫処已定。二年以来、相安無事。近因走回投降夷人奈児秃等四名口、来力紅索要、裴承祖不与。遂於本月十六日、乗夜、搶去守台及打草軍余五名。迹雖不順事、亦甚微。況伊貢馬五百匹已験給営軍、方物三十包已運送在駅。安肯因此搆怨、

八〇

久しく遼東にあって数々の功績をたてるが、彼が長い間、その地位を保てたのは、他ならぬ、中央政界との強い結びつきがあったからである。[11] 彼のあげた戦功は、ただ彼のものとなっただけでなく、中央の勢要にある者をも大いに裨益した。このような中央政界と彼のもたれあいが彼をして遼東における絶大なる権力者たらしめた。このような李成梁と中央政界との関係は、張居正によって始められ、それはまさに、この王杲討伐とその献俘を契機として生じたと考えられる。

最後に、この事件が女真社会に及ぼした影響について一言したい。このころ、建州女真の雄として活躍した王杲であるが、その死後、しばらくの間、彼にかわる人物は現れなかった。

ところで、古勒寨攻略後、王杲の行方を捜すため、明は市夷を人質として、その親族に王杲を捜索させたことはすでに述べたが、ここで興味深いことは、その市夷のなかに、ヌルハチの祖父ギョチャンガがいたらしいことである。『皇明経世文編』巻五〇一、姚宮詹文集、建夷授官始末に、

> ……当王杲之敗走也、奴児哈赤之祖若父也。……
> 場・他失者、成梁等以市夷頭目叫場等為質、遣其属物色杲。乃従王台寨中得之。已又殺叫場及其子他失。叫

とある。ギョチャンガとタクシは、万暦一一年、李成梁が王杲の子、阿台の居城を攻撃した際、誤って明軍に殺されてしまうが、この事件を契機に李成梁から信任をうけ、その後援のもとから自ら勢力を伸張させたのがヌルハチであった。[12] 前引の『撫遼疏略』「備禦軽入夷営被害疏」には、王杲討伐に先立ち、すでに女真のなかで王杲にかわりうる人物を選ぶことが計画されている。万暦一一年、ヌルハチは祖父ギョチャンガと父タクシの死によって李成梁にとりいることに成功した。李成梁は阿台の居城にあった勅書二〇道、馬匹二〇匹を彼に与えた。これは九年前、李成梁が王杲を討伐する前、すでにその胸中にあったことが実現したものである。王杲献俘によって、李成梁は権勢への階梯の第一歩をふみだした。そしてこのことはまた、後、清の太祖となるヌルハチが、兵を起こして自ら人生の道を切り開く、その淵源ともなったのである。

奎章閣所蔵『撫遼俘勦建州夷酋王杲疏略』について（諸星）

七九

ところで、この王杲討伐の事件は遼東の現場当局者ばかりでなく、当時の中央政界の大立者張居正の関心をも強く引いた。『張太岳集』巻三八、遼東大捷辞恩疏に、[10]

……茲者遼左之捷、実仰頼我皇上聖昭武布神威震畳、一時文武将吏遵奉廟算、同心戮力之所致。然論其力戦之功、尚当以将士為首。故臣等咋者擬票、加恩該鎮諸臣、首叙総兵、賜賚独厚。雖総督・巡撫身在地方親戎務者、亦視之有差。誠以摧鋒陥堅、躬冒矢石、本諸将士之力、固非坐而指画者所可也。……

とある。この王杲討伐の戦功は、当時にあって稀に見るほど赫々たるものであった。……

このように張居正は、武官を高く評価することでその士気を高めるように努めるが、このような配慮は、当時、遼東がおかれていた状勢とも深く関わっていたと思われる。このころ彼が遼東についてどのような考えをもっていたかといえば、『張太岳集』巻二八、答総督張心斎計戦守辺将に、

辱示虜情、倶悉。公所応之者、誠為得策矣。今全虜之禍、咸中於遼。連歳彼雖被創、我之士馬、物故亦不少矣。彼既慎恥、必欲一逞。今秋之事、殊為可虞。昨已属意本兵、於貴鎮兵食、比他鎮尤当加意。……

とある。これは張居正が遼東巡撫の張学顔にあてた書簡である。このころすでにアルタンは順義王に封ぜられ、明との間に和議をむすんでおり、辺防が急を告げていたのは、土蛮と対峙する薊遼方面であった。遼東はこのような状勢にあって、東から土蛮の勢力を牽制する重要な役割を担っていた。それゆえ、その防衛力増強に張居正は多大の関心を示した。彼はこのとき、辺鎮への軍事支出のなか、特に遼東を優先させるように指示をだしたという。

ところで、明末、遼東にあって軍閥の如き観を呈した人物が、このとき、その戦功を認められた李成梁であった。彼は

賞に当って、文官が高く評価され、実際に功のあった武官はそれほど評価されないのが常であったが、張居正は、むしろ武官である総兵官の功を第一とすべきことを主張する。

七八

等部落、各安心效順、不許従逆、候夷心稍懈、計処已周厚、集兵糧、黙遣間諜、或相機搗其巣穴、或設策擒其酋首、呉選忠順部落、許其照常貢市。既可寝台酋之謀、亦寸奪土蛮之気。……

とある。ここでは軽率に来力紅の寨に赴き、自ら身を損った裴承祖を非難し、裴承祖の死そのものについては何ら問題にしていない。

ここでの問題は、当時、ハダの王台が土蛮と姻戚関係を結んでいたことにあった。これより先、万暦二年四月、土蛮の姪、黄台吉が王台との結縁を求め、兵五千騎を率いて北関に至り、仰加奴にその斡旋を求めた。王台は拒絶すれば必ず禍が身に及ぶであろうと已む得ずこれを承諾した。ここにおいて明は王台が土蛮と結びつくことに強い懸念を抱いた。王台による裴承祖殺害事件が起こるや、王台が王台の統率下にあることから、張学顔と李成梁は事件の背後に王台があると考え、王台等が裴承祖を殺してその後の明の出方を見て、隙あらば明辺を侵ぞうとたくらんでいるとしている。したがって、ここでは王台自身の処罰を目的にするのでなく、むしろ明の強硬な態度を示すことで、土蛮や王台に、明辺を侵寇する隙を与えないようにするため、王台討伐を決定する。そして、討伐後は、王台にかわって、明に忠順な女真を選び、これに貢市を許すことが決められた。

こうして万暦二年一〇初二日、李成梁は軍を率いて撫順に赴き、初一〇日、王台の古勒寨前において布陣し、これを攻囲して寨の内外にある者の首級一、一〇四顆をあげた。このとき、王台は難を免れ、報復のため土蛮と結んで明辺を侵すことをはかり、一旦、王台のもとに身を寄せた。一方、明では撫順関に来ていた市夷を抑留してこれを人質とし、その親族に王台の行方を捜索させた。王台は明の追求が急であるのを見、さらに王台のために明軍の攻撃をうけることを恐れ、万暦三年七月初四日、王台を明にひきわたした。後、王台は北京に送られ、八月二九日、午門において献俘の儀が行われ、即日、西市において凌遅刑に処されてその首は撫順門外にさらされた。

奎章閣所蔵『撫遼俘勤建州夷王呆疏略』について（諸星）

七七

四

王杲献俘に至る直接の契機は、万暦二年七月に起きた備禦裴承祖の殺害事件であった。

これより先、隆慶六（一五七二）年、撫順備禦賈汝翼の罷免を求め、王杲は撫順一帯を侵寇するが、これによって賈汝翼が罷免され、さらに王杲と明の間に盟約が結ばれた。それは、今後、王杲は明辺を侵して畜産を掠奪することがないようにするとともに、明は王杲麾下の逃亡夷人を収容しないことを規定した。

ところが、万暦二年七月、王杲の部下、来力紅のもとより、奈児禿等四名が明辺に来帰した。来力紅はその返還を求めたが、備禦裴承祖はこれに応ぜず、怒った来力紅は報復として軍士五名を拉致した。このころ王杲は明辺に貢馬五〇〇匹と方物三〇包を携えてきた。これを知った裴承祖は、王杲が事を構えて、これらの貨物を失うことはしないであろうと考え、一九日、五名の軍士を救出しようと兵馬二〇〇を率いて来力紅の寨へ赴いた。しかし、彼はそこで包囲されてしまう。そこへ来力紅と王杲がかけつけ、裴承祖を説得しようと試みるが、王杲等の言葉を信用しない裴承祖は部下に命じて多数の夷人を殺傷した。このため両者の間に戦端が開かれ、結局、裴承祖は殺された。

事件の知らせが伝わるや、張学顔は李成梁と会同して善後策を講じた。このことを記して『撫遼疏略』「備禦軽入夷営被害疏」には、

……廼裴承祖既違厳禁、又不請明。軽狎夷人、冒入夷寨、以致誘囲。勢蹙、格闘、殞身。雖擒獲夷人三十九名、豈足以舒殺官損衆之憤。死有余辜。例難卹録。但一時欠官、亟宜推補。査得、坐営中軍丁倣・中固備禦楊謙似応於内推用一員、速去代事。査得、王杲素受王台約束。王台適与土蛮結姻。彼此連和、声勢相倚、或漸起釁端。試内強弱、今敢殺辺将逆状甚明。天討加誅、似不容已。但今自知犯順、為備必厳、隙無可乗、兵難冒進。合無容臣等宣諭王台及王杲

糧の不足を開中法や京運年例銀によって補ったが、明の中葉より軍糧を京運年例銀をはじめとする銀両によって賄うようになる。このことは北辺における物価の高騰をまねき、給与生活者である軍士の経済生活を圧迫した。このような傾向は、遼東も例外でなく、特に遼東は北辺のなかでも一番給与の額が低く、軍士の困窮化は大きな問題であった。嘉靖一四・一八年、遼東において、軍役をはじめとする過重な徭役と租税負担にあえぐ軍士が反乱を起こした。

このように遼東の防衛体制が内部から動揺しはじめるなか、さらに外部から遼東の辺防を根底からゆるがす新たな勢力が現れた。嘉靖二六年頃、チャハル部がアルタンに追われて東遷し、直接、薊遼方面に脅威を与えるようになった。とくに嘉靖三六年に土蛮がチャハル部長となってより、連年のように薊遼方面を侵寇すると、薊州とならんで遼東の防衛が明にとって重要となる。これより先、嘉靖二九年、アルタンが古北口より侵入して北京一帯を荒しまわる、所謂庚戌の変が起きてより、薊遼総督がおかれて遼東鎮の防衛は薊州鎮とリンクして考えられるようになっていた。

さらに追い打ちをかけるように、嘉靖三八年、遼東を大饑饉が襲う。低下する防衛力と高まる軍事的緊張。この矛盾を解決する方策として行われたのが、私兵、すなわち家丁の大量登用である。明末、遼東にあって二〇〇年来、いまだかつてない軍功をあげたとされる人物が李成梁であるが、彼の戦力の源泉こそ、この家丁であった。さらに女真の経営が遼東の防衛にとって重要な意味をもつようになる。明は蒙古を牽制する一勢力として女真を利用する。このとき活躍した海西女直の雄が王台である。王台は女真にあってはワン゠ハンとされる人物である。彼の祖、速黒忒は正徳年間（一五〇六～二一）、松花江流域のウラにあってその一帯に強盛を誇ったが、嘉靖一二年頃、ウラの内訌によって殺された。その子、王忠は難をさけてハダへのがれるが、彼はエヘの祝孔革を殺し、その威勢を大いに高めた。王台は嘉靖三〇年頃、死に、かわって甥の王台がハダ部長となった。彼はその後、万暦一〇年に死ぬまで海西女直のみならず、建州女直をもその統制下においた。このような状勢のもと、建州女直の新勢力としてあらわれたのが王杲であった。

奎章閣所蔵『撫遼俘勳建州夷酋王杲疏略』について（諸星）

七五

このように明は馬市の開設と官職の授与をとおして羈縻衛を統制下におこうと努めるが、実際には明の期待したとおりにならず、女真や兀良哈三衛による明辺の侵寇は跡を絶たなかった。成化年間（一四六五～八七）、たびかさなる建州女直による辺境の侵犯行為に対して、明は三年と一五年の二度にわたって、懲罰のために軍を進めた。もっとも、この出征は軍功をあさる宦官や現地当局者によって不当におこされた観が強い。いずれにせよ、これにより建州女直は手痛い打撃をうけ、永楽年間より官職を与えられてきた正統な首長層は、次第に女真社会においてその統率力を失っていく。

さらに成化年間より、朝貢する女真の貢献物が、馬匹より貂皮を主な内容とするものに移り変わるとともに、馬市においても馬匹の交易よりも貂皮の交易が中心となった。特に中国内地の経済発展にともない、貂皮をはじめ人参といった高級奢侈品に対する需要が高まると、これらを産する地域を生活の場とする女真社会は、次第に中国を中心とする巨大な経済圏のなかに取り込まれるようになる。

数度にわたる明の討伐をうけた建州女直がその力を弱めるなか、女真社会において海西女直が次第に台頭する。彼らの住地は松花江流域であるが、そこは貂皮の原産地である黒竜江流域と明との中間に位置したので、彼らはこの両地域を結ぶ中継貿易に従事して巨利を得た。そのなかには、次第に南下して明辺の近くに居城をかまえるものまで現れた。彼らは交易より得た富をもって私兵を養い、互いに勢力を競いあった。この趨勢にあって、女真の授官規定も変わり、弘治六（一四九三）年、都督への昇任は部下に犯辺者がないものに限られ、ついで嘉靖一二（一五三三）年、功績さえあれば、都指揮使でも都督に昇任することができるようになった。こうして、女真社会は実力のある者のみが生き残る厳しい競走社会となっていく。明末、フルン四部として知られるエホ・ハダ・ホイファ・ウラの海西女直は、このような明と女真との交易関係のなかから生まれたものであった。

明辺近くに有力な女真の酋長が現れるなか、遼東の防衛力は漸く衰え始める。一般に明の北辺では軍屯が廃れると、軍

二）年、兀良哈三衛の侵寇を機に、遼東に辺牆を構築した。このとき辺牆は、山海関を起点に東北行して鎮辺関に至り、そこから西南行して三岔関に至り、三岔関より開原に至るという長大なものであった。後、成化四・五（一四六八・六九）年に開原より靉陽堡に至る東部辺牆が築かれ、さらに嘉靖年間、鴨緑江に至って完成した。正統一四年、オイラートのエセンは大同に入り、土木の変を引き起こし、脱脱不花は遼東を侵してここに多大の損害を与えた。このように遼東の軍事的緊張が高まり、辺備の充実が強く求められるなか、それまで八対二であった屯田軍士と守城軍士の比率を二対八とした。

これにより、軍屯は衰えて軍糧の自給体制は崩れ、軍糧に大量の不足を生じるようになるが、それを補塡するものとして、開中法や京運年例銀が、この地域の軍糧補給にとって大きな意義をもつようになった。

ところで、辺牆の構築によって辺牆内外の別が明らかとなり、内側を明の勢力範囲に、ここに明軍が駐屯してその防備にあたるのに対して、外側には兀良哈三衛や女真諸衛の所謂羈縻衛を置き、これを藩屏とした。明代、遼東には大体七、八万ほどの兵員が駐屯したが、山海関より開原、さらに開原より鴨緑江に至る長大な防衛線を守禦するには、たとえ屯田軍士を守城軍士に転用しても限界があった。それゆえ、この地の防衛のためにまず藩屏としての羈縻衛を、そのまわりに置き、その住地を蒙古との間の緩衝地帯として蒙古と直接対峙することを避けたのである。そこで羈縻衛を常に明の陣営につなぎとめておくことが、遼東の防衛にとって重要な課題となった。明は羈縻衛を懐柔するために、部族の酋長に明の官職を与えたり、馬市を開いて貿易の利を与えたりした。とくに馬市は、明の羈縻政策にとって重要な意義をもち、明は馬市貿易を統制することで、兀良哈三衛・女真諸衛をその支配下におくことに腐心した。馬市は開原・広寧に開設されただけでなく、天順八（一四六四）年、撫順にも設けられた。

正統・天順年間（一四三六～六四）、遼東は西北に兀良哈三衛を、東北に女真諸衛を羈縻衛として置いて、これらを藩屏とし、さらにその内側を辺牆によって囲む防衛体制が整えられた。この体制は、以後、明一代を通じて引き継がれた。

奎章閣所蔵『撫遼伊勤建州夷酋王杲疏略』について（諸星）

七三

って、ふたたび東北の経営が脚光を浴びることとなった。靖難の変後、成祖は女真の招撫を行い、永楽元年、建州衛を設けて火児阿部の阿哈出を指揮使に任じ、さらに松花江流域の忽剌温女直野人西陽哈が来朝するに及び、兀者衛をおいて西陽哈を指揮使とした。永楽三・四年頃、斡朶里部の童猛哥帖木児が明に来朝すると、彼は建州衛都指揮使に任ぜられるが、一〇年、建州左衛が分設されてその指揮使となった。七年には、黒竜江下流域の住民が来朝し、特林に奴児干都司が置かれ、ここに東北全域にわたる明の経営が大いにすすんだ。

明代、女真はその住地によって三種に分けられた。まず朝鮮の東北境から今の吉林省南部にかけて住んだものを建州女直といい、ついで松花江流域のものを海西女直といい、そのいずれでもない黒竜江・綏芬河流域のものを野人女直といった。

このうち、建州女直は松花江岸の三姓とその対岸の斡朶里の三姓より今の吉林地方（建州）に、斡朶里部は豆満江岸の会寧に移住した。このとき、それぞれ明の招撫をうけて建州衛・建州左衛が設置された。建州衛の住地は、まわりを明・朝鮮・蒙古といった大国にかこまれ、常にその脅威にさらされたので、自ら国家をもたない弱小民族である彼らは、そのときどきの状勢によって移住を繰り返した。建州衛・建州左衛は紆余曲折の後、正統年間（一四三六～四九）になってようやくともに蘇子河流域に落ち着き、さらに建州左衛から右衛が分設された。

永楽年間の北辺防衛は、雄略に富む成祖ならではの積極策によって支えられたが、早晩、明は北辺防衛のために、安定的かつ恒常的な防衛体制を築く必要があった。正統年間になると、遼東ではまず過重な租税率に苦しむ屯田軍士の負担を軽くするため、租税率の軽減が行われ、これによって屯田軍士の逃亡を防ぐとともに、屯田の放棄による耕地面積の減少に歯止めをかけようとした。さらに正統七（一四四

このうち、建州女直は松花江岸の三姓とその対岸の斡朶里部は琿春河流域に至り、洪武末年、さらに火児阿部は輝発河流域に、斡朶里部は琿春河流域に至り、洪武末年、さらに火児阿部は輝発河流域に、斡朶里部は琿春河流域に至り、洪武末年、さらに火児阿部は輝発河流域

七二

洪武一一年、北元では昭宗が没し、かわって弟のトグズ゠テムルが即位した。このころより、東北においては明の優勢が明らかとなりはじめた。一二年、馬雲が、また一四年に徐達がそれぞれ、今の内蒙古自治区の東南部を掃討したため、北元勢力のもので明に投降するものが相継いだ。さらに一三年には高麗が北元との通交を断ち、二〇年、二〇万の大軍を率いる馮勝のまえに納哈出が降るに及び、東北から北元勢力は完全に一掃された。

明は遼東の経営をすすめるなか、東北の北部地域を支配するため、三万衛を、さらに南部地域のために鉄嶺衛を置いた。

しかし、はじめ三姓に置かれた三万衛は、経営が困難なことから開原に後退し、鉄嶺衛も江界対岸の黄城近辺に開設されたが、ここも維持が難しいために瀋陽の北方、今の鉄嶺に移された。

洪武二一年、征虜大将軍藍玉は、ケルレン河に軍をすすめ、トグズ゠テムルは逃走中、逆臣エスデルによって殺害された。かくして明は、全寧衛をはじめ、泰寧・福余・朶顔の三衛、すなわち兀良哈三衛、応昌衛を設けて北元の残存勢力の安撫に努めた。このうち、全寧・応昌二衛はやがて消滅するが、兀良哈三衛は明の羈縻衛として長く存続した。

永楽年間（一四〇三〜二四）は、成祖による五度の漠北親征に見られるように積極的な外征に彩られた時代であった。このとき、遼東は北辺の防備にあたりながら、大規模な外征の兵站基地としての役割をも担った。永楽七（一四〇九）年、丘福を征虜大将軍とする総勢一〇万の北征軍が組織されるが、それに先立つ兀良哈三衛、応昌衛を設けて北元の残存勢力真・兀良哈三衛より馬匹を購入することが始められた。さらに同年、馬市が開設され、女にも苑馬寺を設けた。こうして大量に調達された馬匹は、軍馬として前線に供給されたのである。また、洪武末年より永楽年間にかけては、遼東において大々的に軍屯が行われた。これは当地における軍糧の自給を目指したものであるが、遼東の農業開発に大きく寄与した。明代、遼東において開墾された耕地の大半は軍屯によるものであった。

洪武年間、　東北の北元勢力が消滅するとともに、この地域に対する明の関心は薄れるが、成祖の積極的な対外政策によ

奎章閣所蔵『撫遼伊勲建州夷酋王杲疏略』について（諸星）

七一

知とした。これは、前年、高麗軍が遼陽を攻囲したことに不安をおぼえた遼東の北元勢力が、明の招撫使が訪れたことを機に投降したことによるものである。元末より、高麗の恭愍王は、元の支配が動揺するのに乗じて、元の設けた鴨緑江西の八站を攻撃するとともに、今の咸興南道永興にある双城総管府を攻略し、高麗の故地である咸興より鉄嶺までの地を収復した。さらに、明が大都を占領するや、恭愍王は明の正朔を奉じ、洪武三年、李成桂等に東寧府の奪取を命じ、遼陽を攻めさせたのである。

遼東衛指揮使司が置かれ、明に帰属したかに見えた遼東であるが、いまだ親元勢力が残るなかにあって、劉益は殺害される。かくして洪武四年七月、定遼都衛指揮使司を置き、馬雲・葉旺を都指揮使とした。馬雲等は海路より金州にわたり、そこから親元勢力を掃討しながら遼陽に至った。五年、和林に依る北元の昭宗を伐つため、明は一五万の大軍を三路に分けて出撃させた。東路は李文忠が率い、居庸より応昌へ、中路は徐達が率い、雁門より和林へ、西路は馮勝が率い、蘭州より甘粛、さらに安西・敦煌へそれぞれ軍を進めた。これにともない遼東へは、靖海侯呉楨が海路より大量の糧食と兵員より甘粛、さらに安西・敦煌へそれぞれ軍を進めた。これにともない遼東へは、靖海侯呉楨が海路より大量の糧食と兵員を補給し、明軍は遼陽よりさらに開原方面へ経略をすすめた。

ところで、この洪武五年の役は、西路軍を除く、他の二路軍の戦果がふるわず、とくに徐達の中路軍は大敗を喫し、多くの兵員を失って後の対北元作戦に少からぬ影響を与えた。これにより、しばらく明は大規模な外征をひかえ、現有の占領地の経営に力を注いだ。

遼東の北方、今の長春・ハルピン方面には、北元の納哈出があって常に明の北辺を脅かしたが、洪武七年、恭愍王が殺され、かわって辛禑王がたち、高麗が親元に転ずるに及び、遼東は北元と高麗の連絡を断つ役割を担い、軍事上、重要な位置を占めることとなった。八年、定遼都衛は全国的な都衛の改編にともない、その名を遼東都使揮使司に改め、一〇年、所属の州県を廃して全て衛所に帰属させた。

でいたのであろう。

三

　王杲の活躍した舞台は、今日、中国の東北と呼ばれる地域の一部である。明代の東北では、明・蒙古・女真・朝鮮（高麗）の諸勢力が錯綜し、それらが互いに争って、その勢力の伸張に努めた。したがって、明一代にわたって、この地域におけるこれら諸勢力の変遷過程は複雑であり、これを一概に説明するのは難しい。ここでは、王杲献俘に至る経緯を述べるに先立ち、とくに遼東鎮を中心に、明とその周辺諸勢力との関係をとおしてこの地域の沿革を概観してみたい[7]。

　遼東は、明の北辺に位置し、蒙古族をはじめとする北方諸民族の侵寇から中国内地を守る軍事上の要衝の一つであった。ここは、遼東鎮の管轄とされ、所謂九辺鎮の一鎮としてその東端を担った。遼東は、西を兀良哈三衛に、東を女真に、東南を朝鮮にそれぞれ接し、さらに南を渤海・黄海に臨み、内地との交通は、明一代、そのほとんどが山海関を通しての陸路によるものであった。このように、遼東は三方を非漢民族によって囲まれ、一方を海に面するとともに、内地との交通の便の悪い地勢にあったが、遼東自体、そのうちに漢民族をはじめ、女真・朝鮮・蒙古の諸民族を含む複雑な民族構成をもつ地域であった。したがって、その統治のあり方は自ずと内地のそれと異なるものとなった。ここは明代、布政使司・按察使司が置かれることなく、都指揮使司のみが置かれた軍政区であった。

　このように軍事的色彩の強い性格は、この地が明の版図に入った経緯もあずかって大きい。洪武元（一三六八）年、明軍は大都を陥れ、ここを北平に改めた。元の順帝は明軍を避けて応昌へのがれ、ここで没し、その子アユシュリーダラが帝位に即いた。すなわち北元の昭宗である。

　明は北元に対する作戦を継続しつつ、洪武四年二月、遼陽に遼東衛指揮使司を置き、北元の遼陽行省平章劉益を指揮同

秋館・承文院・議政府・内史庫及びに忠州・星州・全州の外史庫を除くほとんどのものが破壊され、その蔵書も散逸してしまった。全州史庫の蔵書のみがかろうじて難をのがれ、乱後、鼎足山城史庫に納められ、現在に伝えられたのである。したがって、もし『撫遼疏略』が京畿・鼎足山城両史庫のいずれかに所蔵されていたとするならば、それは全州史庫の蔵書を伝える鼎足山城史庫に所蔵されていたものと思われる。

全州史庫については、壬辰倭乱以前の蔵書をうかがわせるものに、万暦一六年の全州史庫曝曬形止案がある。これは、万暦一六年、全州史庫の蔵書を曝曬した際につくった蔵書点検の報告書である。しかし、これを見てみても、そこに『撫遼疏略』の名を見出すことはできない。さらに鼎足山城史庫の蔵書目録と言うべきものに、褒賢淑氏作成にかかる「江華史庫の書冊目録」がある。これは一六〇六年より一九〇六に至るまでの期間、鼎足山城史庫に所蔵されていた図書の目録であるが、このなかにも『撫遼疏略』の名はない。したがって、『撫遼疏略』は鼎足山城史庫に所蔵されていた図書のものでないのであろう。それは、奎章閣図書に含まれていたものと思われる。

創設期の奎章閣図書にどのようなものがあったかを伝えるものに、前引の李朝実録正祖五年六月庚子の条がある。そこには、当時の奎章閣図書が、『古今図書集成』、旧弘文館の蔵書、江華府行宮の所蔵する明からの内賜本、『訪書録』によって内閣の諸臣が購入したものから成っていたことが記されている。このうち、『訪書録』は現在、『内閣訪書録』として奎章閣に伝えられているが、そのなかに『撫遼疏略』の名を見出すことはできない。

ところで、この時期の華本については、その目録として『奎章目録』があることはすでに述べた。いま、『奎章目録』を見てみると、そこに『撫遼疏略』の名を載せていないことが分る。結局、『撫遼疏略』の来歴は分からず仕舞いであるが、ここでは、『撫遼疏略』が序文も跋文もないわずか一五葉の小冊子にすぎないことから、『奎章総目』に載せられなかったと考えたい。おそらく、『撫遼疏略』は旧弘文館の蔵本乃至は江華府行宮所蔵にかかる明の内賜本のなかに紛れ込んだと考えたい。おそらく、『撫遼疏略』は旧弘文館の蔵本乃至は江華府行宮所蔵にかかる明の内賜本のなかに紛れ込ん

六八

一九四五年の解放後、四六年、ソウル大学校が設立された。ソウル大学校は、かつての京城帝国大学のあらゆる施設を引き継ぎ、奎章閣図書も、その例にもれず、ソウル大学校附属中央図書館が管理することとなり、そのもと、整理事業がすすめられた。しかし、五〇年六月二五日、戦争が勃発し、この間、中央図書館は、一般図書及び奎章閣図書、合わせて約一万冊余りを失った。六五年、ソウル大学文理科大学校附設東亜文化研究所によって『奎章閣図書韓国本総目録』が完成した。その際、韓国本七三、四二一冊、中国本六五、五六八冊、未整理分約五、〇〇〇冊が確認されている。ついで七五年、ソウル大学校は冠岳キャンパスに移転し、各単科大学図書館を中央図書館に統合してソウル大学図書館に改編した。解放後、購入された古図書類も奎章閣図書管理室に移管された。こうして八一年現在、奎章閣図書は、韓国本九三、四一七冊、中国本五一、二八九冊、合計一四四、七〇六冊の多きに至っている。

さらに奎章閣図書管理室を設け、政府より独立予算が計上されて奎章閣図書整理事業が行われた。

以上、奎章閣とその所蔵図書の沿革について概観してきた。ついで『撫遼疏略』の来歴について考えてみたい。

『撫遼疏略』は、その巻頭に「帝国図書之章」の蔵書印が押されているので、少なくとも大韓帝国末期には、すでに奎章閣図書のなかにあったことが分かる。この時期、奎章閣図書を構成するものに、元来、奎章閣に所蔵されていたもの、京畿・鼎足山城両史庫に所蔵されていたものがあった。このうち、弘文館・集玉斎・侍講院のものには「弘文館」「集玉斎」「侍講院」の蔵書印がそれぞれ押されており、「帝国図書之章」としか押印されていない『撫遼疏略』は、そのいずれの蔵書でもないことがうかがわれる。

京畿・鼎足山城両史庫は、いずれも壬辰倭乱の後に創建されたものである。『撫遼疏略』は、王杲献俘のあった万暦三年ごろに刊行されたものと思われる。それは、壬辰倭乱に先立つ、一七年前のことである。京畿・鼎足山城両史庫のうち、壬辰倭乱以前の図書を所蔵するのは鼎足山城史庫であった。壬辰倭乱以前、李朝において、記録・文書・図書の保管は春

奎章閣所蔵『撫遼俘勦建州夷酋王杲疏署』について （諸星）

六七

旧派政府が翌九七年、再び奎章閣に改めるまで続く。

大韓帝国末期、一九〇七年、宮内府官制が大幅に改定され、奎章閣に大きな変化がおとずれる。それは、日本の圧力のもと、高宗が退位し、皇室財産をめぐって、皇室と韓国統監府との間で激しいせめぎあいのあるなか行われた。それによって奎章閣は、帝室の典籍・文翰・記録の保管、列聖の御製・御章・御真・璿源譜牒の管理、進講・代撰と宗室に関わる事務の管掌、議謚及び祭典の参列等の事務の管掌等をその業務とした。これは、それまでの図書・記録類の管理に宗親府の業務が加わったものである。

さらに、大韓帝国宮内府は、一九〇八年、奎章閣の機構の近代化をはかり、組織を典謨課・図書課・記録課・文事課の四課に分けた。ここで特に留意したいのは、記録課の管掌に史庫の管理があることである。これにより、京畿史庫の蔵書全てと江華にある鼎足山城史庫のものの一部が奎章閣図書のうちに加えられることとなった。他の史庫、すなわち太白山城・五台山城・赤裳山城のものは、経費不足によりそのままとされた。

このころ、奎章閣図書に、さらに弘文館・集玉斎・侍講院からの図書が加えられ、一九〇九年、これらを総称して帝国図書とした。帝国図書にはそれぞれ「帝国図書之章」という蔵書印が押された。こうして奎章閣図書は約一〇万余冊を数えるに至った。

一九一〇年、韓国併合後、奎章閣は廃止され、その図書は朝鮮総督府取調局の管理するところとなり、さらに太白山城・五台山城両史庫の蔵書が奎章閣に移された。ついで一二年、参事官室が設置されると、一四年、参事官分室が奎章閣図書を引き継いだ。この時期、大量の図書・記録類が奎章閣図書に加えられることとなった。二二年、奎章閣図書は朝鮮総督府学務局に移管された。翌二三年、京城帝国大学が設立されるに及び、奎章閣図書として一四〇、九一三冊にのぼる図書がその管理下におかれた。

六六

領議政洪鳳漢とともに『文献備考』を編纂したり、正祖即位に際しては進賀兼謝恩副使として清へ赴き、その道中記として『燕行記』を著わしたりしている。正祖四年、彼は奎章閣直提学に任ぜられた。正祖五年六月、『奎章総目』が完成した。このことを記して李朝実録正祖五年六月庚子の条に、

奎章総目成。……丙申初載、首先購求図書集成五千余巻于燕肆。又移旧弘文館蔵本及江華府行宮所蔵皇明賜書諸種、益之。又倣唐宋故事、撰訪書録二巻、使内閣諸位按而購買。凡山経・海志・秘諜希種之昔無今有者、無慮数千種。及建閣古観于昌慶内苑奎章閣之西南、以崎華本。又建西序于閣古観之北、蔵東本。総三万余巻。経用紅籤、史用青籤、子用黄籤、集用白籤、彙分類別、各整位置。凡其曝晒出納、皆令閣臣主之。在直閣臣或事考覧、則許令用牙牌請出。閣古観書目六巻・西序書目二巻、総名之曰、奎章総目。至是、命閣臣徐浩修撰著書目。凡経之類九、史之類八、子之類十五、集之類二。

とある。これによれば、『奎章総目』は『閣古観書目』六巻・『西序書目』二巻の二書からなっていたようである。

この『奎章総目』は現在、伝わっていない。しかし、『閣古観書目』と同内容のものといわれるものに『奎章総目』四巻三冊があり、現在、奎章閣に所蔵されている。[2] これは奎章閣創設当時の華本にどのようなものがあったかを伝える希重な史料であるが、その内容は、四部分類にならい、経類九・史類八・子類一五・集類二からなり、華本の書名を記すとともに簡単な解題を附している。さらに『西序書目』とは別であるが、この時期の奎章閣所蔵東本をうかがわせる目録として『西庫蔵書録』がある。

奎章閣は哲宗（一八五〇～六三）末まで大きな変化はないが、大院君の執政時代において列聖の御製・御筆・璿源譜牒等が宗親府に移管され、奎章閣は東本・華本の図書だけを管理する機関となった。さらに甲午改革後、一八九五年、宮内府官制の頒布にともない奎章閣は奎章院に改称する。これは、九六年、露館播遷によって開化派政府が倒れ、かわって守

奎章閣所蔵『撫遼俘勦建州夷酋王杲疏略』について（諸星）

六五

正祖のものは前二者と同様の目的を持つとともに、さらに古今内外の図書を収集し、外廷の学識者をとりたてて経史を討論し、経済治政の要を知るというように、単なる図書館にとどまることなく、治政に役立てようとするものでもあった。

奎章閣創設当時、その図書管理は大別して三種に分けられる。一つは列聖の御製・御筆・御譜の奉安であり、ついで内外図書の収集と管理であり、おわりに王の公事を記録し、それを保管することである。

これらのなか、奎章閣の業務として、本稿との関係において重要なものは第二のものであるが、図書の収集自体は奎章閣創設以前より、すでに行われていた。正祖は東宮時代より図書の収集に心を傾け、尊賢閣のかたわらに貞頤堂をたて、ここに大量の図書を収めていたという。その即位の後、かねてよりその編纂を伝え聞いていた『四庫全書』を、進賀兼謝恩使李激をして購入させようとしたという逸話も、彼の図書収集に対する強い嗜好をうかがわせるものである。結局、『四庫全書』の購入はならずに終わったが、これにより、『古今図書集成』五千余巻が李朝にもたらされることとなった。

奎章閣創設期の図書は、正祖五（一七八一）年当時、約三万余冊であった。その内容は、清への使臣が北京において購入したもの、弘文館から移管したもの、江華府行宮の所蔵する明からの内賜本、奎章閣の閣臣をして購入させた国内の山経・海志・秘諜・貴重本などである。これらは大きく東本（韓国本）と華本（中国本）に分けられるが、前者は約一万余冊、後者は約二万余冊であった。

これら東本と華本のために、それぞれ専用の書庫が建てられた。奎章閣の西南に閲古観と皆有窩を建て、ここに華本を収め、さらに閲古観の北に西序（西庫）を建てて東本を置いた。このほか、列聖の御製・御筆・御真を奉安する書香閣、江華において列聖の御製・御筆・璿譜・儀軌・刊本及び存案等を奉安する外奎章閣（江都外閣）があった。

正祖五年二月、正祖は奎章閣提学徐命膺に奎章閣図書目録の編纂を命じた。しかし、実際にその任に当ったのはその子、徐浩修である。徐浩修は英祖四一（一七六五）年、式年文科に状元をもって及第し、弘文館副校理・校理をつとめ、のち

六四

ところで、この『撫遼疏略』は、管見の限りでは、日本に現存せず、『明史』芸文志、『千頃堂書目』にもその名を見ない。しかも、『千頃堂書目』巻三〇、表奏類には、

張学顔、司馬司農奏議二十巻、又撫遼奏議十巻。

とあるが、そのいずれもが、現在、日本において見ることはできないものである。明代の経済文は、現在、多数伝えられているが、そのなかにあっても、前述した題本はない。『四鎮三関志』遼鎮制疏、題奏には万暦三年までの遼東鎮に関する題本を載せている。このなかには、張学顔の題本が一〇編あり、『撫遼疏略』のものと同内容のものがあって不思議でないが、このなかにもない。したがって、現在、奎章閣に所蔵されている『撫遼疏略』は、少なくとも日本において、類似するものを見ることのできない貴重なものと言えるであろう。本稿では、この『撫遼疏略』を紹介するとともに、その来歴とそれが叙述する王杲献俘について若干の考察をしてみたい。

二

ここでは『撫遼疏略』の来歴を考えるにあたり、まず奎章閣とその所蔵図書の変遷を述べてみたい[一]。

奎章閣は正祖（一七七七～一八〇〇）の創建にかかる。彼は英祖の後を嗣いで即位するや、直ちに昌徳宮の北苑に一閣を建て、ここに御製・御書を収蔵するよう命じた。そのとき、この建物を名命していなかったが、竣工後、これを名づけて奎章閣とした。

それ以前にも奎章閣なるものはあることはあった。例えば、世祖九（一四六四）年五月、同知中枢府事梁誠之の奏請によるものや、粛宗二〇（一六九四）年、正宗寺に建てられた小閣などがそれである。しかし、これらのものと正祖のそれとは全く趣きを異にするものであった。正祖以前のものは、主に列聖の御製を奉安することを目的とするものであったが、

奎章閣所蔵『撫遼俘勳建州夷酋王杲疏略』について（諸星）

六三

撫遼俘勦建州夷酋王杲疏略

張学顔〔明〕撰　〔万暦年間〕　一冊（一五張）　木版　二五・七×一六・二糎　版心書名「撫遼疏略」　印「帝国図書之章」〈奎ゑ、五四一六〉（若干、筆者により内容を変更）

とある。

張学顔、字は子愚、心斎を号す。肥郷の人、嘉靖三三（一五五四）年の進士。『明史』巻二二二に彼の伝がある。隆慶五（一五七一）年、彼は山西按察使より都察院右副都御史にすすみ、遼東巡撫となった。以後、万暦五（一五七七）年に至るまで、足かけ七年、遼東の防衛に力を尽くした。彼が赴任したころの遼東は多事多難を極め、西はチャハル部の土蛮等が、東は建州女直の王杲等がしきりに侵寇を繰り返し、一〇年間に股肱質・楊照・王治道の三大将が相継ぎ戦死するほど厳しい状勢にあった。しかし、彼は李成梁とともに、王杲献俘をはじめ、数々の軍功をあげ、その功績によって兵部侍郎に転じ、ついで万暦六年、戸部尚書にすすんだ。このころ、中央政界では、首輔内閣大学士張居正が国務を総攬し、権勢の絶頂期にあったが、その厚い信任のもと、彼は財務に辣腕を振い、正徳・嘉靖年間（一五〇六〜六六）より傾きかけた国家財政を建て直したという。張居正の死とその失脚によって、彼は李成梁とともに張居正の一味と目されて、しばしば弾劾をうける。万暦一一年、兵部尚書となるが、一三年、致仕。二六年、家に卒した。

『撫遼疏稿』は、王杲献俘に至る事件の経緯を、張学顔の題本に基づいて叙述したものである。それは「備禦軽入夷営被害疏」「討平逆酋堅巣疏」「献俘疏」の三編の題本からなる。「備禦軽入夷営被害疏」は万暦二年七月、王杲・来力紅等が撫順備禦裴承祖等を殺害した事件に関するものであり、この事件が王杲献俘の発端となった。「討平逆酋堅巣疏」は、万暦二年一〇月、李成梁が王杲の居城古勒寨を掃討したことの報告とその善後策を論じたもの。「献俘疏」は王杲の捕獲と献俘について述べたものである。

六二

奎章閣所蔵『撫遼俘勦建州夷酋王杲疏略』について

諸 星 健 児

一

明末の遼東に、建州女直の強酋として活躍したものに王杲がいる。彼の出自は定かでない。彼は、微賎のなかから身をおこし、明との交易によって財をなし、その富をもって混乱する女真社会において、一代の梟雄となった人物である。彼の居城、古勒寨は、明と女真との馬市が開かれた撫順関の近くに位置し、そこで行われる交易を拒す交通の要地にあるとともに、建州女直の動静をおさえるうえでも、軍事上の要衝にあった。その娘エメチは、ニングタ部のタクシに嫁ぎ、ヌルハチ、即ち清の太祖を生んだというから、彼は清の太祖にあっては外祖父にあたる。彼は嘉靖年間（一五二二〜六六）末よりしばしば明辺を侵すが、万暦三（一五七五）年、捕えられ、北京において処刑された。

彼の伝を載せる漢文史料には『万暦武功録』『東夷考略』『山中聞見録』等の諸書があるが、その数は必ずしも多くなく、その事蹟について多くを知ることは難しい。

ところで、現在、ソウル大学校奎章閣の所蔵する図書に、『撫遼俘勦建州夷酋王杲疏略』（以下『撫遼疏略』）なるものがある。『奎章閣図書中国本綜合目録』（ソウル大学校図書館、一九八二）史部、詔令奏議類の項にはその名をのせて、

奎章閣所蔵『撫遼俘勦建州夷酋王杲疏略』について（諸星）

六一

[부록]

왕고(王杲)

장학안(張學顔)

왕고

　왕고(王杲)는 어느 혈통을 잇고 어디에서 분파되었는지 알지 못한다. 태어나면서부터 지혜가 교묘하여 번족(番族: 소수민족) 및 한족(漢族)의 언어와 문자에 통하였고 점성술(占星術)에도 정교하였다. 가정(嘉靖: 1522~1566) 연간에 건주(建州)의 우위도지휘사(右衛都指揮使)이었지만 여러 차례 변경을 침범하였다. 가정 36년(1557) 10월 무순(撫順)을 엿보아 수비(守備) 팽문수(彭文洙)를 죽였으며, 마침내 더욱 제멋대로 동주(東州), 혜안(惠安), 도장(堵牆) 등 여러 보(堡)를 노략질하면서 한 해라도 거른 적이 없었다. 가정 41년(1562) 5월 부총병(副總兵) 흑춘(黑春)이 군사를 거느리고 깊숙이 들어가자 왕고는 흑춘을 유인하며 식부산(媳婦山)에 복병을 두어 흑춘을 산 채로 잡아다 사지를 찢어 죽였으며, 마침내 요양(遼陽)을 침범하여 고산(孤山)을 위협하고 무순과 탕참(湯站)을 침략하였는데 그 사이에 지휘(指揮) 왕국주(王國柱)・진기부(陳其孚)・대면(戴冕)・왕중작(王重爵)・양오미(楊五美), 파총(把總) 온란(溫欒)・우란(于欒)・왕수렴(王守廉)・전경(田耕)・유일명(劉一鳴) 등 모두 수십 명을 죽였다. 이 일을 처리함에 공시(貢市)를 폐쇄하고 군사를 동원할 것을 논의하자, 얼마 뒤에 또 용서해주기를 청하였으나 왕고는 잘못을 뉘우치지 않았다. 융경(隆慶: 1567~1572) 말에 건주의 합합납(哈哈納) 등 30명이 변경의 관문을 두드리며 항복하겠다고 알리자, 변경의 관리가 받아들였다. 왕고가 개원(開原)으로 달려와 이들을 수색하려 했으나 허락되지 않으니, 이에 1,000여 기병을 데리고 청하(淸河)를 침범하였다. 유격장군(游擊將軍) 조보(曹簠)가 길가에 숨어 있다가 불쑥 뛰쳐나와 5명의 머리를 베니, 왕고는 쫓기어 달아났다.

선례(先例)에 의하면 공시(貢市)를 열 때 수비(守備)는 관공서의 대청에 앉고 여러 부족의 추장(酋長)이 차례대로 대청 위에 서서 토산물을 바치면 비로소 말을 검사했는데, 말이 야위고 게다가 절뚝거려도 모두 좋은 값을 쳐주며 그들의 욕구를 충족시켜야만 그만두었다. 왕고는 더욱 사납고 거칠었으니, 술잔을 움켜쥐고서 마시다가 취하게 되면 술기운으로 두 다리를 뻗고 앉아서 좌중을 꾸짖었다. 융경 6년(1572) 수비 가여익(賈汝翼)이 처음 이 일을 하면서 거만하고 사나웠는데, 여러 추장들을 윽박질러 뜰아래에 서게 하자 여러 추장들이 선례(先例)가 아니라면서 따지며 죄다 층계의 첫 계단에 올라섰다. 가여익이 노하여 탁자를 치며 꾸짖는데도 계단을 내려가지 않은 10여 명을 재미삼아 매질하도록 하였고, 반드시 살찌고 튼튼한 말만 검사하였다. 왕고는 불만이 가득하여 물러가면서 소를 잡아 여러 부족들과 맹약하고는 변경 지역의 사람을 죽이고 재물을 약탈하였다. 이때 합달(哈達)의 왕대(王台)는 한창 강성하여 여러 부족들이 그와 약속한 것을 받들게 하였는데, 변경의 장수가 격문(檄文)을 보내어 왕고를 타이르도록 하였다. 왕고가 가여익을 꺾어 억누를 것이라고 공언하자, 순무 요동 도어사(巡撫遼東都御史) 장학안(張學顔)이 아뢰니 이를 병부(兵部)에 내려 논의하게 하였는데, 요동 진무(遼東鎭撫)로 하여금 황제의 훈유(訓諭)를 널리 알려서 은혜와 위엄을 보이도록 하였다. 이에, 왕대는 1,000명의 기병을 이끌고서 건주의 성채(城寨)로 쳐들어가 왕고로 하여금 약탈한 인마(人馬)들을 돌려주게 하고 무순의 관문(關門) 부근에서 맹세하게 하고서야 돌아갔다. 장학안이 다시 이를 아뢰니, 왕대에게 은과 비단을 하사하였다.

만력(萬曆: 1573~1619) 2년(1574) 7월에 건주의 내아독(奈兒禿) 등 4명이 성채를 두드리며 항복하겠다고 알렸는데, 내력홍(來力紅)이 도망하는 자들을 추격하다가 변경에 이르렀으나 수비 배승조(裴承祖)가 더 이상 추격하도록 허락하지 않자, 추격자들이 제멋대로 말을 타고 다니다가 야간 순찰자 5명을 약탈해 가버렸다. 배승조가 격문으로 내력홍을 부르며 약탈해 간 자들을 돌려보내라고 했지만 역시 돌려보내주지 않았다. 이때 왕고는 바야흐로 조공하러 들어왔는데, 말 200필과 방물(方物: 특산물) 30바리를 가지고 객사에 쉬고 있었다. 배승조가 생각하기를, '왕고가 필시 짐수레를 버리면서까지 나에게 원한을 갚지는 않을 것이다.' 하고는, 곧장 300의 기병을 이끌고 내력홍 성채로 달려갔으나, 여러 부족들이 포위하자 감히 움직이지 못했다. 왕고가 소식을 듣고 놀라서 급히 돌아와서는 내력홍과 함께 배승조를 알현하러 들어가자, 여러 부족들이 포위하는 자가 더욱 많아졌다. 왕고가 말하기를, "장군, 부디 두려워하지 마시오. 다급한 상황에서 장군이 오신다는 것을 듣고 모두가 엎어지고 자빠지면서도 급히 와 뵙기를 원하는 것입니다." 하였다. 배승조가 그의 속임수를 알고 좌우를 불러 급히 죽이게 하여 수십 명을 쳐 죽였는데, 여러 부족들이 모두 앞에서 싸웠는지라 죽거나 다친 자가 서로 비슷하였다. 내력홍이 배승조 및 파총 유승혁(劉承奕)·백호(百戶) 유중문(劉仲文)을 붙잡아서 죽였다. 이에, 장학안은 아뢰어 왕고의 공시(貢市)를 끊었고, 변경의 장수는 다시 격문을 왕대에게 보내어 왕고 및 내력홍을 체포하도록 하였다. 왕대는 왕고가 약탈한 변경의 병졸들 및 왕고의 휘하에서 명나라 관리를 죽인 자들을 보내왔다.

왕고는 공시(貢市)가 끊기고 부족의 무리들이 궁지에 처하여 어찌할 바를 모르게 되자, 마침내 토묵특(土默特)과 태녕(泰寧)의 여러 부족들을 규합하여 군대를 크게 일으켜서 요동(遼東)과 심양(瀋陽)을 쳐들어가기로 도모하였다. 총병(總兵) 이성량(李成梁)은 심양에 주둔하고, 여러 장수들에게 부대를 나누어 맡겼다. 양등(楊騰)은 등량둔(鄧良屯)에 주둔하게 하였고, 왕유병(王惟屛)은 마근단(馬根單)에 주둔하게 하였고, 조보(曹簠)는 대충(大衝)으로 달려가 싸움을 걸게 하였다. 왕고는 여러 부족들의 3,000의 기병으로써 오미자충(五味子衝)을 쳐들어갔으나, 명나라 군사들이 사방에서 일어나자 여러 부족들의 병사들이 모두 달아나 왕고의 성채를 지켰다. 왕고의 성채는 험준한 곳에 있어서 성이 견고하고 참호가 깊었으니, 명나라 군대가 공격하지 못하리라고 여겼던 것이다. 이성량은 여러 부족들을 바야흐로 한 곳에 모아 쉽게 포박할 수 있는 계획을 꾀하였다. 10월에 모든 군사를 나누고 포석(礮石: 성을 공격하기 위하여 무거운 돌덩이를 멀리 날릴 수 있는 무기)과 화기(火器)를 갖추어서 내달려 왕고의 성채를 포위하고는 여러 겹으로 된 성책(城柵)을 도끼질하였다. 왕고가 막고 지켰지만, 이성량은 더욱 장수들을 지휘하여 화살과 돌을 무릅쓰고 견고한 성을 함락시켜서 맨 먼저 성에 올랐다. 왕고가 300명을 데리고 돈대(墩臺)에 올라서 명나라 군사들을 향해 활을 쏘았지만, 명나라 군사들이 불을 놓아 살림집[屋廬]과 말먹이들이 모두 불타니 연기가 하늘을 가렸고 여러 부족들이 크게 무너졌다. 명나라 군사들은 마구 공격하여 1,104명의 머리를 베었다. 지난 7월에 배승조의 배를 갈랐던 자들과 유승혁을 죽였던 자들은 모두 목을 베었지만, 왕고는 도망치고 말았다. 명나라 군대는 병거(兵車)와 기마(騎馬)가 6만으로 성채 안의 사람과 가축을 죽이고 약탈하여 거의 다 없애버렸다.

3년(1575) 2월에 왕고가 다시금 나와 남은 무리들을 모아서 변경을 침범하려고 꾀했지만, 또다시 명나라 군대에 의해 포위되었다.

왕고는 용의 무늬가 수놓인 융복[蟒褂]과 붉은 갑옷을 친한 아합납(阿哈納)에게 주어서 왕고인 것처럼 속여 포위망을 뚫고 달아나게 하니, 명나라 군사들이 추격하였다. 왕고는 이 때문에 벗어날 수 있어서 중고로(重古路)로 도주하였으니, 장차 태녕위(泰寧衛)의 속파해(速把亥)에게 가서 의지하려 했다. 명나라 군대가 현상금을 걸어 왕고가 다급해졌는데, 왕고는 감히 북쪽으로 달아날 수가 없게 되자 왕대에게 길을 빌리려 했으나, 변경의 관리가 격문을 보내어 그를 체포해 보내라고 하였다. 7월에 왕대는 아들 호아한적(虎兒罕赤)을 거느리고 왕고를 포박하여 명나라에 바쳤는데, 함거(檻車: 죄인 호송용 수레)가 대궐 밖에 이르자 저자에서 사지를 찢어 죽였다. 왕고는 일찍이 점성술로 스스로의 운수를 헤아려서 달아났으면 곧장 죽지는 않았을 것인데 끝내는 검증되지 못하였다. 왕고의 처자식 27명은 왕대가 차지하였고, 왕고의 아들 아태(阿台)는 탈출하였다. 아태의 처는 청나라 경조(景祖: 누르하치의 조부)의 손녀이다.

왕대가 죽자 아태는 원수를 갚겠다고 생각하여 이윽고 엽혁(葉赫)의 양길노(楊吉砮) 등을 꾀어서 호아한적을 침범하였다. 총독(總督) 오태(吳兌)가 수비 곽구고(霍九皐)를 보내어 아태를 타일렀으나 듣지 않았다. 이성량이 군사를 거느리고 조자곡(曹子谷)과 대리수전(大梨樹佃)에서 방어하며 크게 격파하여 1,563명의 머리를 베었다. 4년(1576) 1월에 아태가 다시 변경을 침범하여 정원보(靜遠堡)의 구대(九臺)로부터 쳐들어왔다가 이윽고 또 유림보(楡林堡)로부터 쳐들어와서 혼하(渾河)에 이르렀고, 이윽고 또 장용보(長勇堡)로부터 쳐들어와 혼하(渾河)의 동쪽 연안을 다그쳤으며, 또 토만(土蠻)을 규합해 광녕(廣寧)·개원(開原)·요하(遼河)를 나누어 약탈하기로 꾀했다. 아태는 고륵채(古勒寨)에서 거주하였고, 그의 무리 모린위(毛憐衛) 우두머리 아해(阿海)는 망자채(莽子寨)에서 거주하였는데, 서로 함께 앞뒤에서 적을 몰아치는 의각(犄角)의 형세를 이루었다. 이성량은 비장(裨將) 호란(胡鸞)으로 하여금 하동(河東)을 방비하게 하고 손수렴(孫守廉)으로 하여금 하서(河西)를 방비하게 한 뒤, 친히 군대를 거느리고 무순의 왕강태(王剛台)로부터 성채를 나와 고륵채를 공격하였는데, 고륵채는 험준하여 삼면에 깎아지른 절벽이 있고 참호가 깊게 파여져 있었다. 이성량은 모든 군대를 지휘하여 이틀 밤낮으로 화공(火攻)하였는데, 아태가 화살에 맞아 죽었다. 별장(別將) 진득의(秦得倚)가 이미 먼저 망자채를 격파하여 아해를 죽이고 2,222명의 머리를 베었다. 청나라의 경조(景祖)와 현조(顯祖: 누르하치의 부친) 모두가 화를 입었다. 그 말은 태조(太祖: 누르하치)의 본기(本紀)에 자세히 보인다.

《청사고》 권222 <열전> 9

王杲

王杲[1], 不知其種族[2]。生而黠慧, 通番・漢語言文字, 尤精日者[3]術。嘉靖[4]間, 爲建州[5]右衛都指揮使, 屢盜邊。三十六年十月, 窺撫順[6], 殺守備彭文洙, 遂益恣掠東州・惠安・堡牆諸堡無虛歲。四十一年五月, 副總兵黑春, 帥師深入, 王杲誘致春, 設伏媳婦山, 生得春, 磔之, 遂犯遼陽[7], 劫孤山[8], 略撫順・湯站, 前後殺指揮王國柱・陳其孚・戴冕・王重爵・楊五美, 把總[9]溫欒・于欒・

---

1) 王杲(왕고, ?~1575): 명나라 말기의 건주여진족 두령. 성은 喜塔喇, 이름은 阿古, 출생지는 古勒寨. 청나라 태조 누르하치의 외조부이다. 관직은 建州右部都督을 지냈다. 만력 3년(1575) 李成梁이 군대를 이끌고 건주를 공격했을 때, 그는 사로잡혀 북경에서 능지처참되었다. 그의 아들 阿台는 탈출했지만 그 후 그의 부하들에 의해 살해되었다.

2) 種族(종족): 단순히 조상이 같고, 같은 계통의 언어와 문화를 가지고 있는 사회집단을 일컫기보다는 어느 혈통을 잇고 어디에서 분파되었는가의 姓氏所出을 일컫는 말로 쓰임.

3) 日者(일자): 길흉을 점치는 사람.

4) 嘉靖(가정): 명나라 11대 황제 世宗의 연호(1522~1566).

5) 建州(건주): 중국 만주 吉林 지방의 옛 이름. 黑龍江 동남부의 綏芬河 근처로 추정된다.

6) 撫順(무순): 중국 북동부 遼寧省 중앙에 있는 도시.

7) 遼陽(요양): 중국 북동부 遼寧省에 있는 도시.

8) 孤山(고산): 중국 북동부 遼寧省 喀左縣 北洞村에 있는 지명.

9) 把總(파총): 명나라 때 하급무관의 직명.

王守廉·田耕·劉一鳴等, 凡數十輩。當事議絶貢市[10], 發兵剿, 尋又請貸, 杲不爲悛。隆慶[11]末, 建州哈哈納等三十人, 款塞[12]請降, 邊史[13]納焉。王杲走開原[14]索之, 勿予, 乃勒千餘騎犯清河[15]。游擊將軍曹簠伏道左, 突起, 斬五級, 王杲遁走。

故事, 當開市, 守備坐聽事[16], 諸部酋長以次序立堂上, 奉土産, 乃驗馬, 馬卽羸且跛, 並予善値, 饜其欲乃已。王杲尤桀驁, 攫酒飲, 至醉, 使酒箕踞罵坐。六年, 守備賈汝翼初上, 爲亢厲, 抑諸酋長立階下, 諸酋長爭非故事, 盡階進一等。汝翼怒, 抵几叱之, 視戲下箠不下者十餘人, 驗馬必肥壯。王杲鞅鞅[17]引去, 椎牛約諸部, 殺掠塞上。是時, 哈達[18]王台[19]方强, 諸部奉約束, 邊將檄使諭王杲。王杲訟言[20]汝翼摧抑狀, 巡撫遼東都御史[21]張學顏以聞, 下兵

10) 貢市(공시): 공적으로 시장을 개설하여 물품을 교역함. 주로 交隣의 차원에서 시장을 개설한 것이다.
11) 隆慶(융경): 명나라 12대 황제 穆宗의 연호(1567~1572).
12) 款塞(관새): 변경의 關門을 두드림을 말함.
13) 邊史(변사): 邊吏의 오기인 듯.
14) 開原(개원): 중국 북동부 遼寧省에 있는 도시.
15) 淸河(청하): 중국 遼寧省 鐵嶺市에 있는 지명.
16) 聽事(청사): (관공서의) 대청.
17) 鞅鞅(앙앙): 불만을 품은 모양.
18) 哈達(합달): 海西女眞에 속한 소수민족.
19) 王台(왕대, 1548~1582): 海西女眞 哈達部의 수장 萬汗을 명나라에서 부르던 말.
20) 訟言(송언): 분명히 말함. 공언함.
21) 都御史(도어사): 중국 명나라·청나라 때 都察院의 장관. 도찰원은 모든 벼슬아치의 非違를 규탄하고 지방행정의 감찰을 맡아보던 관청이다. 명나라 洪武 14년(1372) 御史臺를 고쳐서 도찰원이라 하고, 다음 해에 左右都御史, 左右副都御史 등을 설치하였는데, 청나라도 대체로 여기에 따랐다.

部議, 令遼東鎭撫宣諭, 示以恩威。於是王台以千騎入建州寨, 令王杲歸所掠人馬, 盟於撫順關[22]下而罷。學顏復以聞, 賚王台銀幣。

萬曆[23]二年七月, 建州奈兒禿等四人款寨請降, 來力紅追亡至塞上, 守備裴承祖勿予, 追者縱騎掠行夜者五人以去。承祖檄召來力紅令還所掠, 亦勿予。是時, 王杲方入貢, 馬二百匹・方物三十駄, 休傳舍[24]。承祖度王杲必不能棄輜重[25]而修怨於我, 乃率三百騎走來力紅寨, 諸部圍之, 未敢動。王杲聞耗驚, 馳歸, 與來力紅入謁承祖, 而諸部圍益衆。王杲曰: "將軍幸毋畏! 倉卒聞將軍至, 皆匍匐[26]願望見。" 承祖知其詐, 呼左右急兵之, 擊殺數十人, 諸部皆前鬥, 殺傷相當。來力紅執承祖及把總劉承奕・百戶劉仲文, 殺之。於是, 學顏奏絶王杲貢市, 邊將復檄王台使捕王杲及來力紅。王台送王杲所掠塞上士卒, 及其種人殺漢官者。

王杲以貢市絶, 部衆坐困[27], 遂紏土默特[28]・泰寧[29]諸部, 圖大舉犯遼・瀋[30]。總兵李成梁[31]屯瀋陽[32], 分部諸將: 楊騰駐鄧良屯,

---

22) 撫順關(무순관): 중국 奉天府 撫順縣에 있는 관문. 漢滿간에 교역이 행해지던 곳이다.
23) 萬曆(만력): 명나라 13대 황제 神宗의 연호(1573~1619).
24) 傳舍(전사): 客舍.
25) 輜重(치중): 말이나 수레 따위에 실은 짐.
26) 匍匐(포복): 엎어지고 자빠지면서도 급히 감.
27) 坐困(좌곤): 궁지에 처하여 어찌할 바를 모름.
28) 土默特(토묵특): 몽골의 우현의 부족 중 하나. 알탄칸이 그 군주 중 하나였다.
29) 泰寧(태녕): 兀良哈이 살던 지방.

王維屏駐馬根單, 曹簠馳大衝挑戰[33]。王杲以諸部三千騎入五味子衝, 明軍四面起, 諸部兵悉走保王杲寨。王杲寨阻險, 城堅塹深, 謂明軍不能攻。成梁計諸部方聚處, 可坐[34]縛。十月, 勒諸軍具礮石・火器疾走圍王杲寨, 斧其柵數重。王杲拒守, 成梁益揮諸將冒矢石陷堅先登。王杲以三百人登臺[35], 明軍縱火, 屋廬・芻茭[36]悉焚, 烟蔽天, 諸部大潰。明軍縱撃, 得一千一百四級。往時剖承祖腹及殺承奕者皆就馘, 王杲遁走。明軍車騎六萬, 殺掠人畜殆盡。

三年二月, 王杲復出, 謀集餘衆犯邊, 復爲明軍所圍。王杲以蟒褂[37]・紅甲授所親阿哈納, 陽[38]爲王杲突圍走, 明軍追之。王杲以故得脫, 走重古路, 將往依泰寧衛速把亥。明軍購王杲急, 王杲不

---

30) 遼瀋(요심): 遼東과 瀋陽을 중심으로 하는 요동반도를 말함.
31) 李成梁(이성량): 중국 명나라의 장수. 遼東總兵으로 遼東에서 몽고와 여진족의 방위를 총괄하였다. 1582년 古哷城을 함락하고 王杲子阿臺를 죽여 威名을 크게 떨쳤다. 27년 동안 만주 방위에 큰 공을 세워 寧遠伯에 봉해졌다. 1591년 해임되었다가 10년 뒤 변방의 수비가 해이해지자 황명으로 다시 요동을 지켰다. 8년 동안 재직했고 太傅에 올랐다. 그의 아들 李如松은 임진왜란 때 조선을 도왔다.
32) 瀋陽(심양): 중국 遼寧省의 省都.
33) 挑戰(도전): 적군을 유인하여 이끌어내어 싸우는 것을 일컬음.
34) 坐(좌): 별 어려움 없이. 절로.
35) 臺(대): 墩臺. 성벽 위에 석재 또는 塼으로 쌓아올려 망루와 포루의 역할을 할 수 있도록 만들어진 높직한 누대. 내부에 2~3단의 마루를 만들고 외부를 향한 벽면에 각 층마다 작은 안혈을 내어 대포・총・화살을 쏠 수 있도록 하였다.
36) 芻茭(추교): 말이나 소를 먹이던 풀.
37) 蟒褂(망괘): 누른빛이나 붉은 빛의 비단으로 지은 융복. 蟒袍는 가슴과 등, 양쪽 어깨에 발톱이 다섯 개 달린 용의 무늬를 수놓았다고 한다.
38) 陽(양): 속임.

敢北走，假道於王台，邊吏檄捕送。七月，王台率子虎兒罕赤[39]縛
王杲以獻，檻車[40]致闕下，磔於市。王杲嘗以日者術自推出亡不卽
死，竟不驗。妻孥二十七人爲王台所得，其子阿台脫去。阿台妻，
淸景祖[41]女孫也。

　王台卒，阿台思報怨，因誘葉赫楊吉砮等侵虎兒罕赤。總督吳
兌[42]遣守備霍九皋諭阿台，不聽。李成梁率師禦之曹子谷・大梨樹
佃，大破之，斬一千五百六十三級。四年春正月，阿台復盜邊，自靜
遠堡九臺入，旣又自楡林堡入至渾河[43]，旣又自長勇堡入薄渾河東
岸，又糾土蠻[44]謀分掠廣寧・開原・遼河。阿台居古勒寨，其黨毛
憐衛[45]頭人阿海居莽子寨，相與爲犄角。成梁使裨將胡鸞備河東，

---

39) 虎兒罕赤(호아한적): 王台의 장남.

40) 檻車(함거): 죄인 호송용 수레.

41) 景祖(경조): 후금 누르하치의 조부 覺昌安. 覺常剛 또는 叫場, 敎場으로도 부른다.
建州女眞 수령의 한 사람으로, 福滿의 넷째 아들이자 누르하치의 할아버지가 된
다. 청나라 때 추존하여 景祖翼皇帝라 불렀다. 1583년 손자사위 阿臺가 古埒寨에
서 명나라 李成梁의 군대에 포위당하자 아들 塔克世와 함께 성에 들어가 손녀를
데리고 돌아오려 했다. 그러나 성이 함락되자 피살당했다.

42) 吳兌(오태): 명나라의 관리. 1559년의 진사 출신으로 벼슬은 兵部主事, 郎中, 湖
廣參議, 薊州兵備副使, 右僉都御史, 巡撫宣府 등을 역임했다.

43) 渾河(혼하): 중국 遼寧省을 흐르는 강. 遼河의 한 支流로 변외에서 시작하여 興京
・撫順을 거쳐 봉천의 남방을 지나, 太子河를 합쳐 요하로 흐른다.

44) 土蠻(토만): 土蠻罕. 土門罕 또는 圖們汗 등으로 쓴다. 명나라 때 挿漢部 수령이
다. 嘉靖 때 俺答을 피해 아버지 小王子 打來孫을 따라 遼東으로 옮겨와 살았다.
1558년 汗의 자리를 물려받자 小王子란 호칭을 없애고 이름으로 행세했다. 점차
강성해져 왕으로 봉해주기를 요청했지만 명나라에서 허락하지 않았다. 여러 차
례 변방을 침략해 어지럽혔다.

45) 毛憐衛(모린위): 명나라가 女眞을 누르기 위하여 東北 지방에 설치한 衛所.

孫守廉備河西, 親帥師自撫順王剛台出塞, 攻古勒寨, 寨陟峻, 三面
壁立, 濠塹[46]甚設。成梁麾諸軍火攻兩晝夜, 射阿台, 殪。別將秦
得倚已先破莽子寨, 殺阿海, 斬二千二百二十二級。淸景祖・顯
祖[47]皆及於難。語詳太祖紀。

≪淸史稿≫ 卷222 <列傳> 九

---

46) 濠塹(호참): 城 둘레의 구덩이.
47) 顯祖(현조): 塔克世. 청나라 태조 누르하치의 아버지이다. 누르하치에 의해 顯祖
   宣皇帝로 추숭되었다.

장학안

    장학안(張學顔)은 자(字)가 자우(子愚)이며 비향현(肥鄕縣) 사람이다. 태어난 지 9개월이 지나 친어머니가 죽었지만 계모를 잘 섬겨서 효자로 이름났다. 아버지의 상을 당해 여묘(廬墓)살이를 했을 때, 흰 참새가 날아와서 집을 지었다. 가정(嘉靖: 1522~1566) 32년(1553)에 진사가 되었고, 곡옥(曲沃)의 지현(知縣)을 거쳐 북경(北京)으로 들어와 공과급사중(工科給事中)을 맡았다. 산서참의(山西參議)로 옮겼다가 총독 강동(總督江東)의 탄핵으로 인하여 파직되었다. 진상이 분명히 밝혀진 후에 영평(永平)의 병비부사(兵備副使)로 옮겼고, 다시 계주(薊州)로 옮겼다. 암달(諳達: Altan)이 순의왕(順義王)에 책봉되자, 찰한(察罕: 차하르Cahar)의 도문(圖們: 투멘Tumen) 칸(汗: Khan)은 자기 부하에게 말하기를, "암달이 종놈인데도 왕으로 책봉되었으니, 나는 오히려 그놈만 못하구나." 하고는, 삼위(三衛)를 협박하여 요동(遼東)을 엿보면서 왕으로 책봉되기를 바랐다. 그러나 해서(海西)와 건주(建州) 여진(女眞)의 각 부족이 날로 더욱 강대해져서 모두 국가를 건립하고 아울러 칸이라 칭하였다. 대장(大將) 왕치도(王治道)와

낭득공(郎得功)이 전사하자, 요동의 사람들이 크게 두려워하였다. 융경(隆慶: 1567~1572) 5년(1571) 2월에 요동순무(遼東巡撫) 이추(李秋)가 면직되자, 대학사(大學士) 고공(高拱)이 장학안을 등용하려 하였다. 이에 어떤 자가 의심을 품는지라, 고공이 말하기를, "장생(張生)은 탁월하고 호방한데도 사람들이 그를 알지 못하지만, 장차 얽히고설킨 곳에 그를 두면 걸출한 자질을 당연히 드러낼 것이다."고 하였다. 시랑(侍郎) 위학증(魏學曾)이 뒤늦게 왔는데, 고공이 맞이하여 묻기를, "요동순무에 누가 좋겠는가?"라고 하니, 위학증이 오랫동안 생각하다가 말하기를, "장학안이 좋겠습니다."고 하자, 고공이 기뻐하며 말하기를, "인재를 얻게 되었다."고 하면서 마침내 그의 이름을 상부에 보고하여 장차 우첨도어사(右僉都御史), 순무요동(巡撫遼東)으로 벼슬이 올랐다.

요진(遼鎭: 요동)은 변경의 길이가 2,000여 리가 되고, 성채(城砦)가 120개소에 있으며, 삼면에 적들과 인접해 있었다. 관군(官軍)은 7만2천 명으로 한 사람마다 매월 쌀 1석을 지급하는데 은(銀)으로 환산하면 2전 5푼이고, 말은 겨울철과 봄철에 사료를 공급하는데 매월 은으로 환산하면 1전 8푼이니, 풍년이 들어도 며칠을 지탱하기가 부족하였다. 가정(嘉靖) 무오년(1558)의 대기근(大饑饉) 때부터 사병과 말들이 도망하거나 죽은 것이 3분의 2나 되었다. 전임 순무(前任巡撫) 왕지고(王之誥)와 위학증이 잇달아 위무하거나 잡아들이기도 했지만 전성기(全盛期)의 절반에도 도달하지 못했다. 극심한

기근과 가뭄을 겪으면서 굶어죽은 시체가 포개어져 쌓였다. 장학안은 먼저 관에서 곡식을 내어주거나 죽을 쑤어 구제해줄 것, 군대를 충실하게 할 것, 유민을 불러 모을 것, 병장기(兵仗器)를 제조하게 할 것, 전투마(戰鬪馬)를 사들이게 할 것, 상벌(賞罰)을 미덥게 할 것을 청하였다. 나약한 장수 몇 명을 물러나게 하고 평양보(平陽堡)를 수축하여 양하(兩河)를 연결하고, 유격부대를 정안보(正安堡)에 이동하여 진성(鎭城)을 호위하였으니, 전투와 수비에 관한 계획을 모두 세웠다. 대장 이성량(李成梁)은 감히 적진 깊숙이 들어갔지만, 장학안은 병사들을 거두어들이고 성을 지키는 것을 책략으로 삼았는지라 적이 쳐들어오더라도 아무런 손실을 입지 않았고 적이 물러나면 처음처럼 수비하여 민관(民官)이 모두 보전되니 점점 예전의 세력을 회복하였다. 11월에 탁산(卓山)에 있던 토묵특(土默特)을 이성량과 함께 격파하자 우부도어사(右副都御史)로 승진하였다. 이듬해 봄에 토묵특은 침입하려고 꾀했으나 장학안이 대비하고 있다는 소식을 듣고 끝내 그만두었다.

간악한 백성들이 함부로 해상 밖으로 나가 36개의 섬을 불법적으로 점거하였다. 검열하던 시랑(侍郎) 왕도곤(汪道昆)이 뒤쫓아 가서 붙잡을 것을 제의했으나, 장학안은 뒤쫓아 가서 붙잡는 것을 온당하지 않은 것으로 여겼다. 이성량에게 군사들을 단속하여 해상으로 움직이지 못하도록 해 장차 죽이려 한다는 것을 시위하게 하면서도, 그들을 무마하여 복종시킬 초유사(招諭使)를 따로 보내어 그들에게 부과했던 노역(勞役)을 면제하도록 허락하였다. 반년이 미처 되지 않아서 4,400여 명을 불러들이게 되어 오랜 근심거리가 해소될 수 있었다. 가을철에 건주 도독(建州都督) 왕고(王杲)가 명나라에 투항한 여진인들을 수색하려다가 할 수 없게 되자 무순(撫順)을 쳐들어와 노략질하니, 수장(守將) 가여익(賈汝翼)이 그를 꾸짖고 나무랐다. 왕고는 더욱 불만을 품고서 각 부족들에게 침략할 것이라고 약속하니, 부총병(副總兵) 조완(趙完)이 불화를 야기했다며 가여익을 꾸짖었다. 장학안이 아뢰기를, "가여익이 왕고가 보낸 선물을 물리쳤으니 임금의 뜻에 거역한 가여익을 벌주어서 실로 나라의 위엄을 펴야 하겠지만, 만일 이 때문에 그를 파직한다면 변장(邊將)을 머물러 있게 하거나 물러나게 하는 것은 모두 적이 장악하게 되는 것입니다. 신(臣)은 왕고를 의당 타일러 포로와 약탈한 재물들을 되돌려 보내라고 하되, 그렇게 하지 않으면 군사들을 징발해 잡아 죽여서 지나친 관용으로 흉측한 마음을 품도록 할 필요는 없다고 생각합니다."고 하였다. 이에, 조완이 두려워하며 장학안에게 뇌물로 황금과 초피(貂皮)를 보내자, 장학안은 조완을 고발하였다. 황제가 조서를 내려 조완을 체포하도록 하고 아울러 장학안이 아뢴 책략대로 왕고에게 알려서 깨우치도록 하였다. 각 부족은 명나라의 대군(大軍)이 출격했다는 말을 듣고서 모두 산골짜기로 달아나 숨었다. 왕고도 두려워서 12월에 해서여진(海西女眞) 왕대(王台)에게 포로를 되돌려 보내어 성의 표시하겠다고 약속하자,

장학안은 여세를 몰아 왕고를 위로하고 어루만져 달랬다.

　요양진(遼陽鎭)의 동쪽으로 200여 리 지점에 예전부터 고산보(孤山堡)가 있었는데, 순안어사(巡按御史) 장탁(張鐸)이 험산(險山)에 5개의 보(堡)를 늘려 설치했지만 요양진과 지원의 손길이 서로 닿지 않았다. 그리하여 도어사(都御史) 왕지고가 험산보에 참장(參將)을 두자고 아뢰어, 6개의 보(堡)와 12개의 성을 관할토록 하고 애양(靉陽)을 분담해 지키도록 하였다. 또 험산보의 땅은 불모지였기 때문에 관전자(寬佃子)로 옮겨 배치하려 했지만 당시 흉년이 들어서 옮기지 못했다. 만력(萬曆: 1573~1619) 초기에 이성량은 고산보를 장가합나전(章嘉哈喇佃)으로 옮기고, 험산의 5보를 관전(寬佃)·장전(長佃)·쌍돈(雙墩)·장령(長嶺) 등으로 옮겼는데, 모두 비옥한 땅을 의지하여 요해지에 웅거하였다. 그러나 변경지대의 사람들은 먼 곳까지 노역(勞役)을 가야하는 괴로움으로 인하여 원망하는 말을 하였다. 공사가 비로소 시작되자, 왕고가 다시 변경을 침범하여 유격(遊擊) 배승조(裴承祖)를 살해하였다. 순안어사가 긴급히 노역을 그만두게 하도록 요청하자, 장학안이 동의하지 않고 말하기를, "그와 같이 한다면 허약함을 보이는 것이다." 하였다. 그날 변경을 순찰하여 옹곽특(翁郭特)의 여러 부락들을 어루만지고 안정시키며 그곳에서 거래할 수 있게 해달라는 대로 들어주었다. 마침내 관전자를 쌓아서 땅 200여 리를 개척하였다. 이에 무순(撫順) 이북과 청하(淸河) 이남 지역이 모두 약속대로 따랐다. 이듬해 겨울에 왕고를 토벌하기 위해 군대를 보내어 대파했는데, 달아나는 것을 추격하여 홍력채(紅力寨)에 도달하였다. 장거정(張居正)이 장학안의 공적을 평정하였는데 총독(總督) 양조(楊兆)보다 위에 있어서 병부시랑(兵部侍郞)으로 올려주었다.

5년(1577) 여름에 토묵특(土默特)이 대규모로 각 부족들을 집결시켜 금주(錦州)를 침범하고는 왕으로 봉해달라고 요구하였다. 장학안이 아뢰기를, "적이 바야흐로 세력을 믿고 업신여기며 모욕하는데도 그들과 융화한다면 이는 그들을 두려워하는 것입니다. 화친을 유지하는 것이 저쪽에 있게 되면, 그 화친은 필시 오래가지 못할 것입니다. 또한 공이 없는 자와 공이 있는 자가 똑같이 봉작(封爵)을 받고, 반역자와 귀순자가 똑같이 상을 받는다면 각 부족으로부터 업신여김을 받을 것이고 또한 암달로부터 비웃음을 받을 것입니다. 신(臣)들은 응당 바른말로 그들의 요구를 물리쳐야 한다고 생각하옵니다."고 하였다. 마침 큰 비가 내려 적들도 퇴각하였다. 그해 겨울에 불러들여 융정시랑(戎政侍郞)으로 삼고 우도어사(右都御史)로 승진시켰다. 아직 자리를 교대하지 않았을 때에 토묵특이 태녕(泰寧)의 소이파갈(蘇爾把噶)을 불러 들여 길을 나누어서 요동(遼東)·심양(瀋陽)·개원(開原)을 침범하였다. 이듬해 정월, 벽산(劈山)에서 적을 격파하고 그 수령 아제대(阿齊台) 등 5인을 참살한 연후에 장학안은 마침내 병부(兵部)로 돌아왔다. 1년이 지난 뒤에 호부상서(戶部尙書)로 승진하였다.

당시 장거정은 나라의 일을 맡아보았는데 장학안이 지모가 정교하다 여기고 그를 깊이 의지하고 일을 맡겼다. 장학안은 회계록(會計錄)을 편찬하여서 출납을 하나하나 살필 수 있었다. 또 세금을 거둘 수 있는 논밭을 측량하는 조례(條例)를 열거하며 아뢰었으니, 양경(兩京: 북경과 남경)·산동(山東)·섬서(陝西)의 외척들이 소유한 경작지[莊田]에 대한 세금의 실태를 조사하여 잉여금, 탈루, 거짓 차용 등의 모든 폐단을 일소하였다. 또 이를 전국에 걸쳐서 실시하였는데, 관민(官民)이 주둔해 개간하고 방목했던 호수 방죽[湖陂] 80여 만 이랑[頃]을 찾아내었다. 곤궁한 백성들을 보상한 것은 부세(賦稅)를 사용해 갚았다. 정덕(正德: 1506~1521)과 가정(嘉靖: 1522~1566) 연간에 나라의 재정이 고갈된 뒤로부터 만력 10년(1582)에 이르기까지의 기간은 백성들이 가장 잘 살게 하였다고 일컬어지는데, 장학안이 자못 공헌한 바가 있었다. 그러나 이때 궁궐의 지출이 지나치고 사치스러워 토색질하는 바가 많았다. 장학안이 일에 따라 간쟁한 것은 받아들여져 10만 냥의 태창은(太倉銀) 발매를 정지시켰고 운남(雲南)에서 황금 1천 냥의 세금을 감면시켰지만, 그 나머지 부분은 간쟁할 수 없었다. 다만 금화은(金花銀)이 해마다 2만 냥씩 증가하다가 마침내 정액세(定額稅)가 되었고, 사람들도 또한 이것을 하찮게 여겼다.

11년(1583) 4월에 병부상서(兵部尙書)로 자리를 옮겼는데, 이때 바야흐로 궁중에서 군대를 조련하는 것이 왕성하였으니 궁중의 하위신료와 사내종 등 2,000명을 섞어서 선발해 훈련하였고 태복시(太僕寺)에서 3,000필의 말을 징발해서 그들에게 주었다. 장학안이 고집스레 말을 내주지 않으면서 또 궁중에서의 군대 훈련 중지를 주청하였지만 황제는 모두 들어주지 않았다. 그해 가을에 황제의 거가(車駕)가 산릉(山陵: 임금의 무덤)에서 돌아오자, 장학안이 상소하기를, 「황제께서는 공손히 성모(聖母)를 받들어 성모의 연(輦: 가마)을 붙들고 앞에서 선도하여 능원(陵園: 왕족의 무덤)에서 제사 지내며 수혈(壽穴)을 미리 점칠 때에 육군(六軍) 10여만의 장수와 군사들은 대오(隊伍)가 질서정연하고 엄숙하였습니다. 그러나 궁중에서 훈련된 수행 군사들은 행동거지가 제멋대로였습니다. 처음 양수하(凉水河)에 도착했을 때 떠들고 말다툼하면서 조금도 기율 없이 제 마음대로 충돌하여 황제의 얼굴빛을 달라지게 하였습니다. 지금 거가(車駕)가 이미 돌아왔지만 대오(隊伍)는 아직 해산하지 않았습니다. 삼가 이전의 제도를 조사해보니, 영군(營軍)이 성 밖의 들에서 하늘에 제사지내려고 가는 거가를 수행할 때의 처음에는 내고(內庫)에서 무기를 받았다가 일을 마치는 즉시 되돌려주었습니다. 궁중에서 오직 수행한 내시들의 수령만이 활과 화살을 지닐 수 있도록 허락되었습니다. 또 <대명률(大明律)>에 '황제의 호위와 관계없는 군사가 한 치의 칼날을 지니고 궁전문(宮殿門)에 들어간 자는 교형(絞刑)에 처하고, 황성문(皇城門)에 들어간 자는 변방에서 수자리를 서는 위군(衛軍)에 충당한다.'고 하였습니다. 조종(祖宗: 황제의 조상)

께서는 일이 커지기 전에 미리 난리를 막으려는 뜻이 매우 깊고도 원대하셨습니다. 지금 황성 안에서 몸에 갑옷을 입은 채 말을 타고 칼을 지니고 있는데도 과도관(科道官)이 제대로 통제하지 못하니, 신(臣)의 병부(兵部)도 검열할 수가 없습니다. 또 하위신료와 하인들을 불러 모아 궁궐의 후원을 출입하다가, 만일 사악한 마음이 갑자기 일어나 무리를 지어서 난리를 꾀한다면 궁궐 안에서 떠들썩할지라도 궁궐 밖에서는 신하들이 감히 안으로 들어가지 못하고, 한밤중에 떠들썩할지라도 궁궐 밖에 있는 병사들은 알지 못하며, 도성(都城)에서 대낮에 떠들썩할지라도 천자의 친위군들이 그들을 몰아내려 하지만 기꺼이 흩뜨리지 못하고 체포하려 하지만 감히 다가서지 못할 것입니다. 정덕(正德) 연간에 서성(西城)에서 병사를 훈련한 일은 참으로 귀감이 될 만합니다.」고 하였다. 상소문을 올리자, 환관(宦官)들이 모두 이를 갈며 증오하여 유언비어를 조작하여서 그를 모략중상하였다. 신종(神宗)이 두루 살펴 이를 알고서 주모자를 힐책하였다. 장학안은 죄를 면했지만 역시 그의 의견도 쓰이지 않았다.

임기가 차자 태자소보(太子少保)로 승진하였다. 운남성(雲南省)의 악봉(岳鳳)과 한건(罕虔)을 평정하여 벼슬이 태자태보(太子太保)로 승차하였다. 이때 장거정이 이미 죽었는지라, 조정의 의론이 크게 달라졌다. 이보다 앞서 어사(御史: 요동순안어사) 유대(劉臺)가 장거정을 탄핵하여 처벌되었는데, 장학안이 다시 유대가 뇌물 받은 것을 논죄하였다. 어사 풍경륭(馮景隆)이 이성량의 공적을 날조된 것으로 논죄하였지만 장학안은 이성량이 거둔 10번의 승리에 대해 거짓이 아님을 자주 일컬었는지라, 풍경륭이 폄훼되고 배척되었다. 장학안이 이전에 장거정의 특별한 보살핌을 받아서 이성량과 함께 일한 지가 오래되었으니, 여론은 모두 장학안을 장거정과 이성량의 도당으로 여겼다. 어사(御史: 사천도어사) 손계선(孫繼先)·증건형(曾乾亨)과 급사중(給事中) 황도첨(黃道瞻)이 연명으로 상소해 장학안을 논죄하였다. 이에 장학안은 상소하여 해명하며 벼슬에서 물러나기를 청하였고 또 황도첨을 계속 등용해주기를 청하였지만, 황제는 들어주지 않았다. 이듬해 순천부 통판(順天府通判) 조홍약(周弘禴)이 또 장학안을 태감(太監: 광동태감) 장경(張鯨)과 결탁한 것으로 논죄하였지만, 신종(神宗)은 모두 외방으로 내쳤다. 장학안은 여덟 차례나 상소하여 관직에서 물러나기를 주청하자, 비로소 벼슬에서 물러나는 것이 허락되었다. 만력 26년(1598) 집에서 죽었고, 소보(少保)로 증직되었다.

≪흠정사고전서(欽定四庫全書)≫ <명사(明史)> 권222

張學顏

張學顏[1], 字子愚, 肥鄕[2]人。生九月失母, 事繼母以孝聞。親喪
廬墓, 有白雀[3]來巢。登嘉靖[4]三十二年進士, 由曲沃[5]知縣[6]入爲工
科給事中。遷山西參議, 以總督江東劾去官[7]。事白, 遷永平[8]兵備
副使[9], 再調薊州[10]。諳達[11]封順義王, 察罕圖們[12]汗語其下曰:

---

1) 張學顏(장학안, ?~1598): 명나라 神宗 때의 명신. 자는 子愚, 호는 心齋. 廣平 肥
   鄕(現 河北省 邯鄲地區 肥鄕縣) 사람이다. 嘉靖 32년(1553) 進士가 되었으며, 薊州
   兵備副使·遼東巡撫·戶部尙書·兵部尙書 등을 지냈다. 萬曆 初에 建州王杲가 침
   범하자 李成梁과 함께 그를 격파하였다. 저서로는 ≪會計錄≫·≪淸丈條例≫ 등
   이 있다.
2) 肥鄕(비향): 중국 河北省 邯鄲에 있는 縣.
3) 白雀(백작): 흰 참새. 중국은 흰 동물이 나타나면 연호로 삼아 기념할 정도로 귀
   하게 여겼는데 흰 참새도 그 중 하나라 할 수 있다.
4) 嘉靖(가정): 명나라 제11대 황제 世宗의 연호(1522~1566).
5) 曲沃(곡옥): 중국 山西省 臨汾에 있는 縣.
6) 知縣(지현): 명청 시대 현의 일급 행정 수장.
7) 去官(거관): 파면함.
8) 永平(영평): 중국 雲南省 大理白族自治州의 縣. 성 서부에 위치하며 서쪽으로 瀾
   滄江에 임해 있다.
9) 兵備副使(병비부사): 分守參將에 대응하는 文官職 將領. 兵備道의 官을 일컬으며
   대개 按察司副使가 겸직을 하였다. 參將은 總兵官의 命을 받는데 비해 병비부사
   는 督撫의 명을 받아 직무를 수행하였다.
10) 薊州(계주): 중국 天津市 薊縣.
11) 諳達(암달: 1507~1582): Altan의 음역으로, 俺答으로도 표기됨. 16세기 후반 몽

"諸達, 奴也, 而封王, 吾顧弗如." 挾三衛[13]窺遼, 欲以求王。而
海[14]・建[15]諸部日强, 皆建國稱汗。大將王治道[16]・郎得功[17]戰

골 土默特(Tumed)部의 주요 수령. 칭기스칸 黃金家族의 후예이며, 達延(Dayan)汗
의 손자이다. 그에 대한 호칭은 阿勒坦汗인데, '俺答汗'으로 번역되었다. 明朝의
嘉靖 연간(1522~1566)에 그 세력이 성장하였는데, 그 부락은 처음에는 지금의
내몽골의 呼和浩特 일대에서 유목하였으나, 점차 세력이 강성해져서 察哈爾部를
遼東으로 몰아내고, 우익몽골의 수령이 되었다. 그가 장악한 지역은 동쪽으로는
宣化와 大同 이북에서 서쪽으로 河套까지 이르렀으며, 북쪽으로는 고비사막, 남
쪽으로는 만리장성에 이르렀다. 후에 青海를 정복하였고, 그 세력이 西藏에까지
이르렀다. 그는 자주 명나라에 통상을 요구하였으나 받아들여지지 않자, 1530년
무렵부터 10여 년 간에 걸쳐 해마다 명나라의 북쪽 국경에 침입하였다. 1550년
庚戌의 變을 일으켜 한 때 수도 北京까지 포위하고 위협하였는데, 당시 이른바
'北虜'가 바로 이들이었다. 1570년 그의 손자 바간나기가 명나라에 투항한 것을
기회로 명나라와의 화의가 성립되고, 통상허락을 받았다. 이듬해 명나라로부터
順義王에 책봉되었고, 뒤에 그의 居城에 歸化城이라는 이름까지 받았다. 주변의
땅에 대하여서는 1552년 이후 오이라트를 쳐서 카라코룸과 青海를 다스렸고,
다시 군대를 티베트에까지 진격시켰다. 티베트불교를 숭앙하였으며, 티베트불교
를 몽골에 보급시키는 데 노력하였다.
12) 圖們(도문: 1539~1592): 몽골의 大汗. 土蠻이라고도 한다. 達賚遜(Darayisung
Gogeng Khan)의 장남이다. 1557년 아버지로부터 몽골 대칸을 승계받아 차하르
부족을 직접 통치하였다. 재위기간 중 다우르(Daur)족과 에벤크(Evenks)족을 정
벌하였다.
13) 三衛(삼위): 朶顔, 福餘, 泰寧을 일컬음. 1389년 명나라 조정에서 이들 衛를 설치
하여 大寧都指揮使司에 예속시켰다. 이후 永樂(1403~1424) 연간에 奴兒干都司로
소속을 바꾸었다. 衛란 명나라 때(1368~1644)에 국방을 위해 조직하여 전국 각
지에 주둔시킨 군대 조직이다. 명나라 초기에 투항한 일부 몽골들을 3개의 衛로
편성하여 몽골로부터의 침략을 방어하도록 한 것이다.
14) 海(해): 海西女眞. 16세기부터 17세기 明末清初에 開原, 吉林의 주변에 거주하고
있었던 여진의 집단.
15) 建(건): 建州女眞. 明代부터 清初까지 만주 남부 주변에 거주하였던 여진의 집단.
16세기 말에 이 건주여진에서 누르하치가 나와 1616년 後金을 건국하였다.
16) 王治道(왕치도): 錦州衛 사람. 嘉靖 연간에 世蔭으로 도독 첨사가 되었다가 隆慶
초에 遼東都摠兵官에 이르렀다. 1570년 薊鎭 싸움에서 용맹하게 싸우다 전사하

死, 遼人大恐。隆慶[18]五年二月, 遼撫李秋免, 大學士高拱[19]欲用學顏。或疑之, 拱曰: "張生卓犖倜儻, 人未之識也, 置諸盤錯[20], 利器[21]當見." 侍郎魏學曾[22]後至, 拱迎問曰: "遼撫誰可者?" 學曾思良久, 曰: "張學顏可." 拱喜曰: "得之矣." 遂以其名上, 進右僉都御史[23], 巡撫遼東。

였으니, 韃子 500여 騎가 邊塞에 들어온다는 말을 듣고 곧 바로 1000명이 채 못 되는 親兵을 이끌고 이를 쫓아냈지만 달자는 長墻으로 꾀어냈으므로 점점 더 깊숙이 쳐들어갔다가 복병들이 사방에서 운집하는 바람에 전군이 모두 죽었던 것이다.

17) 郎得功(낭득공): 王治道 휘하 義州參將. 1570년 薊鎭 싸움에서 왕치도를 따라 용감히 싸우다 전사하였다.

18) 隆慶(융경): 명나라 12대 황제 穆宗의 연호(1567~1572).

19) 高拱(고공, 1512~1578): 穆宗 때의 大臣. 嘉靖 20년(1541) 진사가 되고, 庶吉士로 編修에 임명되었다. 穆宗이 裕王이었을 때 9년 동안 侍講하면서 크게 인정을 받았다. 禮部尙書에 올랐다. 1566년 徐階의 천거로 文淵閣大學士가 되었다. 목종이 즉위하자 제왕의 舊臣으로 자부하여 서계와 자주 알력이 발생했다. 이에 불안을 느끼고 사직한 뒤 귀향했다. 隆慶 3년(1569) 겨울 다시 대학사가 되어 吏部의 일을 관장했다. 일을 하면서 서계와 원한을 짓게 되고, 서계의 자제들이 향리에서 횡포를 부리자 監司 蔡國熙를 시켜 자제들을 모두 잡아 戍자리를 보냈다. 다음 해 張居正과 함께 여론을 물리치고 俺答에게 封貢하는 일을 성사시켜 북변을 안정시켰다. 神宗이 즉위하자 내시 馮保를 제거하려다가 서거정과 풍보의 배척을 받고 사직했다. 실속 없는 공허한 학문을 반대하고, 시대를 구제하고 실용에 이바지 할 수 있는 학문을 주장했다.

20) 盤錯(반착): 뒤얽힌 뿌리와 엉클어진 마디라는 뜻으로, 일이 얼크러져 처리하기가 몹시 힘듦을 이르는 말.

21) 利器(이기): 쓸모 있는 재능. 걸출한 자질.

22) 魏學曾(위학증, 1525~1596): 穆宗 때의 大臣. 嘉靖 연간에 진사였고 관직은 吏部右侍郎, 南京戶部右侍郎, 兵部尙書를 지냈다. 陝西・延寧・甘肅 등의 軍務를 摠督한 공으로 太子太保에 이르렀다.

23) 都御史(도어사): 중국 명나라・청나라 때 都察院의 장관. 도찰원은 모든 벼슬아치의 非違를 규탄하고 지방행정의 감찰을 맡아보던 관청이다. 명나라 洪武 14년

遼鎮[24)]邊長二千餘里，城砦一百二十所，三面隣敵。官軍七萬二千，月給米一石，折銀[25)]二錢五分，馬則冬春給料，月折銀一錢八分，卽歲稔不足支數日。自嘉靖戊午大饑，士馬逃故者三之二。前撫王之誥[26)]・魏學曾相繼綏輯[27)]，未復全盛之半。繼以荒旱，餓莩枕籍。學顏首請振恤，實軍伍，招流移，治甲仗，市戰馬，信賞罰。黜懦將數人，創平陽堡以通兩河，移遊擊於正安堡以衛鎮城，戰守具悉就經畫。大將李成梁[28)]敢深入，而學顏則以收保[29)]爲完策，敵

<hr>

(1372) 御史臺를 고쳐서 도찰원이라 하고, 다음 해에 左右都御史, 左右副都御史 등을 설치하였는데, 청나라도 대체로 여기에 따랐다.

24) 遼鎮(요진): 遼東. 遼東都司의 관할 지구를 가리키는 것으로, 그 지역이 九州의 동쪽으로 멀리 떨어져 있다고 해서 붙여진 이름. 遼河를 경계로 한 遼河의 동쪽으로 遼陽・瀋陽 등지와 같은 것을 遼東 혹은 河東이라고 하고, 遼河 서쪽으로 廣寧・錦州 등지 같은 것을 遼西 혹은 河西라고 하였다.

25) 折銀(절은): 銀으로 환산함. 어떤 대가를 銀子로 쳐서 바꿈.

26) 王之誥(왕지고, 1521~1590): 穆宗 때의 관리. 嘉靖 1544년 진사가 되었다가 兵部 左侍郎을 거쳐 神宗 때 刑部尙書를 지냈다.

27) 綏輯(수집): 安撫와 緝拿. 민심을 안정시켜 어루만지는 것과 잡아들이는 것을 일컬음.

28) 李成梁(이성량, 1526~1615): 명나라 말의 將令. 자는 汝契, 호는 引城. 遼寧省 鐵坮 출신이다. 조선인 李英의 후예로 遼東의 鐵嶺衛指揮僉事의 직위를 세습해 왔다. 1570년~1591년 연간과 1601년~1608년 연간 두 차례에 걸쳐 30년 동안 遼東總兵의 직위에 있었다. 이 기간에 그는 軍備를 확충하고, 建州女眞 5部, 海西女眞 4部, 野人女眞 4部 등으로 나뉘어 있는 여진의 부족 갈등을 이용하면서 遼東 지역의 방위와 안정에 크게 기여하였다. 1573년 寬甸(遼寧省 丹東) 등에 六堡를 쌓았으며, 1574년 女眞 建州右衛의 수장인 王杲가 遼陽과 瀋陽을 침공해오자 이들의 근거지인 古勒寨를 공격해 물리쳤다. 그리고 建州左衛 女眞을 통제하기 위해 首長인 塔克世의 아들인 누르하치[努爾哈赤, 청 태조, 1559~1626]를 곁에 억류해 두었다. 1580년 이성량의 공적을 치하하는 牌樓가 皇命으로 廣寧城(遼寧省 錦州)에 세워질 정도로 그는 明의 遼東 방위에 큰 공을 세웠다. 1582년 王杲의

至無所亡失, 敵退備如初, 公私力完, 漸復其舊。十一月, 與成梁破
土默特卓山, 進右副都御史。明年春, 土默特謀入寇, 聞有備而
止。

姧民闌出[30]海上, 踞三十六島。閩視侍郎汪道昆[31]議緝捕, 學
顏謂緝捕非便。命李成梁按兵海上, 示將加誅, 別遣使招諭, 許免
差役[32]。未半載, 招還四千四百餘口, 積患以消。秋, 建州[33]都督
王杲[34]以索降人不得, 入掠撫順[35], 守將賈汝翼詰責之。杲益憾,

아들인 阿台가 다시 군사를 일으키자 古勒寨를 공격해 1583년 함락시켰다. 하지
만 이 전투에서 이미 明나라에 歸附했던 누르하치의 아버지와 할아버지인 塔克
世와 覺昌安도 阿台를 설득하기 위해 古勒寨에 들어갔다가 明軍에게 살해되었다.
이 사건은 누르하치의 불만을 샀고, 1618년 그가 明과의 전쟁을 선포하며 발표
한 이른바 '七大恨'의 첫 번째 항목으로 꼽혔다.

29) 收保(수보): 거두어들이고 스스로 방어함. 《資治通鑑》<後秦紀>의 "匈奴가 만
약 들어와 도둑질하거든 급히 城으로 들어와 거두어 지킬 것이요, 감히 匈奴를
포로로 잡는 자가 있으면 斬刑에 처하겠다.(匈奴卽入盜, 急入收保, 有敢捕虜者
斬.)"에서 나오는 말이다.

30) 闌出(난출): 함부로 경계 밖으로 나감.

31) 汪道昆(왕도곤, 1525~1593): 명나라 문인. 1547년 進士가 되어 義烏知縣에 임명
되었고, 襄陽知府와 福建副使를 역임했다. 戚繼光과 함께 抗倭 전쟁에 참가하여
공을 세워 按察御史에 발탁되었고 僉都御史에 승진했지만 얼마 되지 않아 관직
을 버렸다. 隆慶 연간에 兩陽巡撫가 되고, 副都御史로 나아갔으며, 관직이 兵部左
侍郎에 이르러 황명을 받들고 변방을 순행했다. 군비를 줄여 해마다 낭비되던
20여만 전을 절약했는데, 나중에는 연로한 양친을 봉양하느라 고향으로 돌아갔
다.

32) 差役(차역): 국가에서 부과하는 노역.

33) 建州(건주): 중국 만주 吉林 지방의 옛 이름. 黑龍江 동남부의 綏芬河 근처로 추
정된다.

34) 王杲(왕고, ?~1575): 명나라 말기의 건주여진족 두령. 성은 喜塔喇, 이름은 阿古,
출생지는 古勒寨. 청나라 태조 누르하치의 외조부이다. 관직은 建州右部都督을

約諸部爲寇, 副總兵趙完責汝翼啓釁. 學顏奏曰: "汝翼却呆饋遺[36], 懲其違抗, 實伸國威, 苟緣此罷斥, 是進退邊將皆敵主之矣. 臣謂宜諭王呆送還俘掠, 否則調兵剿殺, 毋事姑息以蓄禍." 趙完懼, 餽金貂, 學顏發之. 詔逮完, 而宣諭王呆如學顏策. 諸部聞大兵且出, 悉竄匿山谷. 呆懼, 十二月約海西王台[37]送俘獲就款, 學顏因而撫之.

遼陽鎮東二百餘里舊有孤山堡[38], 巡按御史張鐸增置險山五堡, 然與遼鎮聲援不接. 都御史王之誥奏設險山參將, 轄六堡一十二城, 分守靉陽[39]. 又以其地不毛, 欲移置寬佃, 以時絀不果. 萬曆[40]初, 李成梁議移孤山堡於章嘉哈喇佃, 移險山五堡於寬佃・長佃・雙墩・長嶺等, 皆據膏腴, 扼要害. 而邊人苦遠役, 出怨言. 工甫興, 王呆復犯邊, 殺遊擊裴承祖. 巡按御史亟請罷役, 學顏不可, 曰: "如此則示弱也." 卽日巡塞上, 撫定翁郭特諸部, 聽於所在貿易. 卒築寬佃, 斥地二百餘里. 於是撫順以北, 淸河以南, 皆遵約束. 明年冬, 發兵誅王呆, 大破之, 追奔至紅力寨. 張居正[41]第

지냈다. 만력 3년(1575) 李成梁이 군대를 이끌고 건주를 공격했을 때, 그는 사로잡혀 북경에서 능지처참되었다. 그의 아들 阿台는 탈출했지만 그 후 그의 부하들에 의해 살해되었다.

35) 撫順(무순): 중국 북동부 遼寧省 중앙에 있는 도시.
36) 饋遺(궤유): 선물.
37) 王台(왕대, 1548~1582): 海西女眞 哈達部의 수장 萬汗을 명나라에서 부르던 말.
38) 孤山堡(고산보): 河套의 黃河 삼면 지대에서 서쪽으로 나아가는 곳에 있는 지명.
39) 靉陽(애양): 중국 遼寧省 瀋陽市 인근 鳳城.
40) 萬曆(만력): 명나라 13대 황제 神宗의 연호(1573~1619).

學顏功在總督楊兆[42]上, 加兵部侍郎。

五年夏, 土默特大集諸部犯錦州, 要求封王[43]。學顏奏曰: "敵方憑陵, 而與之通, 是畏之也。制和者在彼, 其和必不可久。且無功與有功同封, 犯順[44]與效順同賞, 既取輕諸部, 亦見笑諳達。臣等謹以正言却之。" 會大雨, 敵引退。其冬, 召爲戎政侍郎[45], 加右都御史。未受代, 而土默特約泰寧蘇爾把噶[46]分犯遼‧瀋‧開原。明年正月破敵劈山, 殺其長阿齊台等五人, 學顏遂還部。踰年[47], 拜戶部尙書。

時張居正當國[48], 以學顏精心計[49], 深倚任之。學顏撰會計錄以句稽出納。又奏列清文[50]條例, 釐[51]兩京‧山東‧陝西勳戚莊田, 清溢額[52]‧脫漏[53]‧詭借諸弊。又通行天下, 得官民屯牧[54]湖

---

41) 張居正(장거정, 1525~1582): 명나라의 정치가. 어린 萬曆帝를 대신하여 국사를 처리하였으며, 지주를 통제하고 농민 부담의 균형을 꾀하였다.

42) 楊兆(양조, 생몰년 미상): 명나라 관리. 嘉靖 35년(1556)에 진사가 되어 일찍이 靑州知府, 紹興知府, 密雲參政을 역임하였다. 薊遼總督에 승진되어 南京兵部尙書, 工部尙書를 지냈다.

43) 封王(봉왕): 황제가 신하를 왕으로 임명함.

44) 犯順(범순): 반란함. 모반함.

45) 戎政侍郎(융정시랑): 嘉靖 29년(1550) 京師5軍, 神樞, 神機 3營을 통할하는 관서로써 戎政府가 창시되었는데, 그 수장은 尙書 혹은 侍郎이 맡은 데서 나온 말.

46) 蘇爾把噶(소이파갈): 速把亥로도 표기됨. 명나라 시대의 북방 소수민족의 수령. 이성량에게 죽임을 당했다.

47) 踰年(유년): 해를 넘김.

48) 當國(당국): 나라의 일을 맡아봄.

49) 心計(심계): 마음속으로 헤아리는 궁리나 계획.

50) 淸文(청문): 淸丈의 오기. 자세히 측량함. 토지를 정밀하게 잼.

51) 釐(이): 釐金. 물품 통과세.

陂八十餘萬頃。民困賠累者，以其賦抵之。自正‧嘉[55]虛耗之後，至萬曆十年間，最稱富庶[56]，學顔有力焉。然是時宮闈用度汰侈，多所徵索。學顔隨事納諫，得停發太倉銀十萬兩，減雲南黃金課一千兩，餘多弗能執爭。而金花銀[57]歲增二十萬兩，遂爲定額。人亦以是少之。

十一年四月，改兵部尙書，時方興內操[58]，選內竪二千人雜廝養[59]訓練，發太僕寺[60]馬三千給之。學顔執不與馬，又請停內操，皆不聽。其年秋，車駕自山陵[61]還，學顔上疏曰：「皇上恭奉聖母[62]，

---

52) 溢額(일액): 예정보다 더 받아들인 세금의 초과액.

53) 脫漏(탈루): 의도적으로 소득의 정도나 이익을 누락시켜 신고하지 않는 것을 가리킴.

54) 屯牧(둔목): 군대를 주둔시켜 진을 치고 있으면서 백성들을 먹여 살리는 것을 말함.

55) 正嘉(정가): 正德과 嘉靖. 정덕은 명나라 제10대 황제 武宗의 연호(1506~1521)이다.

56) 富庶(부서): 백성들을 잘 살게 함. ≪論語≫<子路篇>의 "공자가 위나라로 갈 때 염유가 말을 몰았다. 공자께서 '사람들이 참 많구나!' 하셨다. 그러자 염유가 말했다. '백성들이 많아지면, 그 다음에 무엇을 해야 하나요?' 공자께서 대답하셨다. '잘 살게 해 주어야지.' 염유가 또 물었다. '그럼 잘 살게 해 준 다음에는 무엇을 해야 하나요?' '가르쳐야지.'(子適衛, 冉有僕. 子曰: '庶矣哉!' 冉有曰: '旣庶矣又何加焉?' 曰: '富之.' 曰: '旣富矣又何加焉?' '敎之.')"에서 나오는 말.

57) 金花銀(금화은): 세금의 銀納化. 15세기부터 각 지방에서 조금씩 실행되던 것이 1582년부터 공식적으로 전면적으로 시행되었다고 한다. 토지세를 쌀이나 현물로 납부하던 것을 화폐로 납부한 것이다.

58) 內操(내조): 명나라 때 太監을 뽑아 궁중에서 군대를 조련하게 하는 것을 말함.

59) 廝養(시양): 하인. 여기서는 궁중의 하위신료들과 사내종을 일컫는다.

60) 太僕寺(태복시): 궁중의 승여, 마필, 목장 등에 관한 일을 맡아보던 관아.

61) 山陵(산릉): 임금의 무덤.

62) 聖母(성모): 백성이 國母를 성스럽게 일컫는 말.

扶輦前驅, 拜祀陵園[63], 考卜壽域[64], 六軍[65]將士十餘萬, 部伍齊肅。惟內操隨駕軍士, 進止自恣[66]。前至涼水河, 喧爭無紀律, 奔逸[67]衝突, 上動天顏。今車駕已還, 猶未解散。謹稽舊制, 營軍隨駕郊祀[68], 始受甲於內庫[69], 事畢卽還。宮中惟長隨內侍許佩弓矢。又律[70]: '不係宿衛[71]軍士, 持寸刃入宮殿門者, 絞; 入皇城門者, 戍邊衛'。祖宗防微[72]弭亂[73]之意甚深且遠。今皇城內被甲乘馬持鋒刃, 科道[74]不得糾巡, 臣部不得檢閱。又招集所養僕隷, 出入禁苑[75], 萬一驟起邪心, 朋謀倡亂[76], 譁於內則外臣不敢入, 譁於夜則外兵不及知, 譁於都城白晝則曰天子親兵也, 驅之不肯散, 捕之莫敢攖。正德中, 西城練兵之事[77], 良可鑒也。」疏上, 宦竪皆切

---

63) 陵園(능원): 왕이나 王妃의 무덤인 陵과 王世子 등의 무덤인 園이라 하니, 王族들의 무덤임.

64) 壽域(수역): 오래 살았다고 할 만한 나이. 壽穴의 의미로 쓰였다.

65) 六軍(육군): 황제가 통솔한 여섯 개의 군.

66) 自恣(자자): 제멋대로임.

67) 奔逸(분일): 자유롭게 제 마음대로 행동함.

68) 郊祀(교사): 옛날 중국에서 천자가 수도 100리 밖에서 행하던 제천의식.

69) 內庫(내고): 왕실의 재정을 담당하던 창고.

70) 律(율): ≪大明律≫<宮殿門擅入>의 "若不係宿衛應直舍帶兵杖之人, 但持寸刃入宮殿門者絞, 入皇城門者杖一百發, 邊衛充軍."을 가리킴.

71) 宿衛(숙위): 궁궐에서 군주를 호위하며 지키는 일.

72) 防微(방미): 어떤 일이 커지기 전에 미리 막음.

73) 弭亂(미란): 전란을 평정함.

74) 科道(과도): 科道官. 명나라의 吏·戶·禮·兵·刑·工 등 六科의 給事中과 都察院의 十五道監察使를 통칭한 말. 모든 관원의 잘잘못을 규찰하는 사찰 기관이다.

75) 禁苑(금원): 궁궐 안에 있는 동산이나 후원.

76) 倡亂(창란): 소요를 주동함.

77) 西城練兵之事(서성연병지사): 명나라 武宗 때 황궁의 西安門 밖에 지은 화려한

齒, 爲蜚語中傷。神宗察知之, 詰責主使者。學顔得免, 然亦不能
用也。

考滿, 加太子少保。雲南岳鳳·罕虔平, 進太子太保。時張居
正旣歿, 朝論大異。初, 御史劉臺[78])以劾居正得罪, 學顔復論其臟
私。御史馮景隆[79])論李成梁飾功, 學顔亟稱成梁十大捷非妄, 景隆
坐貶斥。學顔故爲居正所厚, 與李成梁共事久, 物論皆以學顔黨於
居正·成梁。御史孫繼先[80])·曾乾亨[81])·給事中黃道瞻[82])交章論
學顔。學顔疏辯求去, 又請留道瞻, 不聽。明年, 順天府通判周弘
禰[83])又論學顔交通太監張鯨[84], 神宗[85])皆黜之於外。學顔八疏乞

    별궁 豹房에서 있었던 일을 일컫는 듯. 宦官 劉瑾이 무종의 허락을 받아 무종을
위해 짓기 시작한 正德 2년(1507)부터 7년(1512)에 이르는 기간 동안 은자 24만
냥을 들여 지은 것으로, 200여 채의 호화로운 전각들이 표범의 무늬를 닮았다
고 하여 표방이라고 불렀다. 이 표방에는 표범 1마리가 있었고, 240명의 병사들
을 배치하여 궁내에서 이 표범을 길렀다고 한다. 그런데 이 표방을 짓는데 주도
했던 유근은 정덕 5년(1510) 환관 張永의 밀고에 의해 죽었으며, 무종에게 발탁
된 邊將 江彬은 표방을 출입하면서 변방의 병사들을 京師로 들여 횡행하게 해
자신의 지위를 강화하였다고 한다.
78) 劉臺(유대): 명나라 穆宗 때의 관리. 1570년 진사가 되었고 萬曆 초에 巡按遼東御
    史를 지냈다.
79) 馮景隆(풍경륭): 명나라 神宗 때의 관리. 1576년 진사가 되었고 일찍이 趙世卿의
    원통한 일을 호소하다가 좌천되기도 하였다.
80) 孫繼先(손계선): 명나라 穆宗 때의 관리. 1571년 진사가 되었고 1582년 四川都御
    史, 1585년 南京刑部主事를 지냈다.
81) 曾乾亨(증건형): 명나라 神宗 때의 관리. 1577년 진사가 되었고 감찰어사를 지내
    면서 張學顔과 李成梁을 탄핵하였다.
82) 黃道瞻(황도첨): 명나라 神宗 때의 관리. 1573년 진사가 되었고 南直隸常州府宜興
    縣知縣을 거쳐 兵科給事中이 되었지만 탄핵을 받기도 하면서 永豊縣丞이 되었다
    가 刑部·兵部·吏部 主事 등을 역임하였다.

●拾遺

休⁸⁶⁾, 許致仕去。二十六年, 卒於家, 贈少保。

≪欽定四庫全書≫ <明史> 卷二百二十二

---

83) 周弘禴(주홍약): 명나라 神宗 때의 관리. 1573년 진사가 되었고 戸部主事 등을
   거쳐 順天通判이 되었다. 1585년 장학안, 張鯨, 李植, 張誠 등을 고발하였다가 神
   宗의 노여움을 받아 代州判官으로 좌천되기도 하였다.

84) 張鯨(장경): 명나라 神宗 때의 관리. 1547년 궁중에 들어와 환관이 되어 신종 때
   司禮監의 권세 있는 환관이 되었는데, 장거정의 개혁을 저지하였다.

85) 神宗(신종): 명나라 제13대 황제. 초기에는 張居正을 등용하여 一條鞭法을 시행
   하는 등의 내정 개혁을 추진하여 '萬曆中興'이라고 불리는 사회의 발전을 가져왔
   다. 하지만 장거정이 죽은 뒤 親政을 하면서 황제의 역할과 政務를 내팽개치는
   '怠政'을 하여 명나라의 정치적 혼란을 가져와 멸망으로 이끌었다.

86) 乞休(걸휴): 乞骸骨. 재상이 나이가 들어 조정에 나오지 못하게 되었을 때 주군
   에게 모든 관직에서 물러나기를 주청하는 말.

찾아보기

ㄱ ···········

≪무요부초건주이추왕고소략(撫遼俘勦建州夷酋王杲疏略) ≫

서울대학교규장각한국학연구원 소장

여기서부터는 影印本을 인쇄한 부분으로 217면부터 보십시오.

5416
1

무요부초건주이추왕고소략 撫遼俘勦建洲夷酋王杲疏畧

≪무요부초건주이추왕고소략(撫遼俘勦建州夷酋王杲疏略)≫ 影印　187

聖旨兵部知道欽此該兵部咨禮部行欽天監擇吉是日

皇上親登午門城樓文武百官侍班將建州逆酋王杲

獻俘訖刑部具招即日押杲赴西市凌遲處死囟首村

遼裊示撫順關外

朝廷命官自副總兵以下二十餘員擬以絞一家三人

之條不足以盡前罪百分之一但查無正律不敢妄

擬案候間今准前因謹遵

明旨選差千總指揮柯萬逼事千戶陳紹先帶領軍人防

護械送

京師伏乞

聖裁臣等未敢擅便

勅下兵部查收恭請

計開縛

獻逆酋一名王杲奉

各夷收領及覆審王杲節年搶掠地方殺虜官軍很

與前相同雖隨從部夷甚多其主謀糾聚主使殺虜即

即本首爲首但伊自知罪在必死信口妄攀諸夷即

其言辭變詐益見才智奸雄今既擒獲相應照律擬

罪擾此臣會同總督楊兆總兵官李成梁巡按劉臺

備查

大明律開載並無虜酋入犯搶殺官軍擬罪之條今杲酋

本以屬夷背負

國恩逆違

大道襲陷城堡數處殺虜丘馬人畜數多又殺奴

撫鎮行開原賀兵備唐叅將宣布索杲恐官軍傷衆

於七月初四日同于虎兒哈往在三馬頭將杲執至

遼外有賀兵備等差官兵出邊將杲搶入解至廣寧

前情是的為照王杲前罪神人共憤死有餘辜但斷

罪原無正律相應比照殺一家非死罪二人凌遲處

死決不待時仍梟示九邊以為諸夷之警等因到道

轉報到臣復取革留王杲等

十八道还一撫審内二道科勺即是王杲四道王

杲招等俱係杲巳死親族歷年差人頂名進貢俱叅

都司類繳其餘諳道等一十三道不係杲族仍査緝

去男婦李當見等六十四名口又殺死官兵十二名

欽依會兵於十月初十日破其城寨泉又預知脫走曾

七名有巡撫張都御史鎮守李總兵題奏

三年二月內又糾衆入搶報復家撫鎮會道曹門

兵默差家丁潛出邊外剿泉偶以蟒緞紅甲投泉

夷阿哈納李路泉又得脫走至重古路寨內自爲會

不該死性東收拾馬匹貂皮布段等物要挾北虜

把亥土蠻營勾引達子大搶遼東報復聞撫順關刑

市夷質留搜挈急繫泉思起海西夷首王台平時委

結相厚兵馬衆強暫扱台寨以圖轉送北虜有台見

查得逆杲於七月十七日解至廣寧臣即行分撥

衆備衆事發子仁將木曾審其所犯情罪以憑其

參情據遂道呈發如實文呈審得癸酉王杲年四

十七歲係建州右衛都指揮使歷年在遼搶掠恣

志貪而不合將本名王杲改爱利勾騰令夷討擄

書頭名入貢因素通北虜番漢言語字義文辭推尋

數通恃强悍將建州諸酋兵馬俱收回部下悉聽調

遣屢入遼東地方搶掠嘉靖三十六年十月十二日

入犯撫順殺死備禦彭文洙三十七年二月三十日

入犯東州殺苑提調王三接把總王守廉守堡被圍

國恩使王台麛獻前來送俘之關原境上渠魁兇業禍

本已除大伸華夏之威共雪神人之憤合無恭候

命下行令該鎮將梟首械送

京師本部爷行禮部擇日具儀及行刑部議碎車行

獻俘之典仍將梟首懸置通貢邊關處所示元兇以必

宛為永戒於將來等因奉

旨這逆首就擒足除禍本着械解來京獻俘正法張學

頒討擒逆虜具見忠曇賞銀三十兩紵絲二表裏其餘

依擬欽此欽遵備咨到西西師望

關叩頭恭謝

○獻俘疏

題為仰仗

天威擒獲逋誅逆酋事本年八月十五日准兵部咨該臣

等會題前事本部覆議建州夷人自來樂於年與之

開設衛分封授官爵使修職貢為我屬夷世受

國恩作為藩屏維茲逆酋王杲至敢戕殺我將領

拘留我軍士惡貫已盈罪在弗赦所幸總督鎮巡等

臣仰承

廟算督責各道將領等官先之質留市夷令家屬道求

日急因驅入王台寨中繼之宣諭

議看得處撫遼東右副都御史張學顏才堪□□□忠

州顆貞奉廟筭以圍旅則先之文告樂之甲兵彰

本朝聲罪致討之烈授將謀以賢發則分市府□□□

正震中國戰勝攻克之威訏謀實得於萬全衛□□

光於千古功當特叙奉

聖旨該鎮奉辭討罪斬馘數多各文武將士勞績殊常俱

心嘉悅張學顏盡心謀務屢獲奇功陞兵部右侍郎無

都察院右僉都御史賞銀八十兩大紅紵絲飛魚衣一

襲歷一子錦衣衛世襲百戶仍賜劫賞□□□□□

新下兵部併加議擬行臣等遵奉施行臣學顏竊念始而

裨將設竟實因中令不嚴令面破虜仲威悉由主將

效力得不償失有罪無功豈敢掩將士血戰之勞以

自贖㿋㿋之容及朋待譴恭候

聖明處分臣無任隕越惺懼之至奉

旨兵部看了來說該兵部題本

旨朕以冲年嗣位近來邊境寧謐強粱者斂服干犯者

必誅此武功豈朕之凉德所能致實賴我列聖

威靈之所震薄克遂有成還著禮部擇日遣官告太

廟用不揚我列祖之洪庥其餘俱依擬欽此該兵部

絶合無容臣等候夷人大疼克三章等將放出前

慈關回話之日宣布

朝
廷不忍盡殺之心惟其照常入貢以全

祖宗貢夷之舊典以廣

生浩蕩之宏恩庶屬夷不起叛萌邊人得以安堵王台之衆

嚴哨備以防殘夷之報復酌撫賞以釋

明禁例以絶關隘之私交臣等酌量緩急從宜處置

不敢幸一時之功以忽善後之策不敢志二首之

以貽將來之憂賊巢初平戎務方劇如有未盡應

議事宜容臣等再行陳請伏乞

≪무요부초건주이추왕고소략(撫遼俘勦建州夷酋王杲疏略)≫ 影印　199

於火中後報僅以身免尚無的據臣不敢雷同遽信

以取他日欺罔之罪候查得實另慶但其部落大疫

克等巳驗過馬四百五十六匹

勅書二百五十六道平將俱效忠順殺官原不與謀今又

匍匐軍前叩馬陳乞是衆夷知果有不赦之罪而辜

其敗知我為有名之師而感其恩若遍不惟貢市似

為巳甚況奉部覆

欽依候乾獻夷人與原被殺軍士相當將原監夷人遣回

即雋

貢市今剿殺之數不啻數倍而無辜夷人難以一縣絕

未的然王杲係酋長勢強而害大來力紅係部夷勢

叛而害輕今杲之子弟王太等五人授首足以抵變

承祖之死親黨一千餘名伏誅亦足以洩殺虜軍人

之憤兵出不過八日之間功成迫踰十捷之外王台

部落以唇亡而裝膽環遶諸酋以觀釁而窺謀不但

東遼免剝膚之憂即薊門亦可免震鄰之怒各邊

貢市諸夷當聞風知懼而益堅納欵之誠良由我

皇上神武布昭云云再照籌邊期內外相安而夷當撫卹

並用撫而不剿則養成之患深剿而不撫則激成之

患速今來力紅勢微力弱既貴寨遠逃王杲先報冤

調度不周自取失利又或攻城不克大眾徒勞王言

將竊笑以敗敗心北虜亦乘機以謀大掠煽動諸夷

遂狹全鎮欲守則老師費財欲戰則兵疲氣憚為一

城堡因面疎失□等不知所矣所幸總兵官李成

采兵到而賊不知兵遇而賊即潰初樂於山衝而大

眾披靡繼薄於城下而堅壁立傾先攻致木栅散層

次攻破石墻百丈又次攻倒石臺焚房屋及戰栅

追又旋兵堵剿在巢者已無噍類在外者不敢救援

斬獲酋首及夷首一千二百四顆獲馬牛盔甲以□

計夷器等件嶠萬計雖來力紅尚未成掄王杲元生

國體邊防一舉兩便廼王杲自稱雄長不肯朝貢又金

陵入檄九月以來今日犯清河明日犯東州明日人

犯會安願入冠更無虛目是

朝廷屢開赦宥之門逆首自絕生全之路罪惡貫盈

兩人共憤臣等恭捧

綸音日增憂懼雖懷不與俱生之心適值將勢兩夏之會

欲悉師東下既欲待援勦鎮復恐失備河西欲再儀

綏國既恐養患愈深且恐河東失守因的量厚報後

先揣度彼已虛實萬不得已然兵前去又應戍守多

與交通鄰夷皆其耳目若使橫事不密墮賊誘諸彝

到即殺此係斬便首殺行蹤遣至送延按衛門紀驗

明白行取首級人質等物銀牌花紅陣亡被傷人員

照依...等項給賞隨管軍

因臣念係

小廝估不分別虜石俱焚四放九月初九

小廝到撫順所村原監夷人乃首小廝買頭三名放

出示以見存

虜國已進方物全傳諭各酋但將殺官下手夷人鄒

獄及將原虜軍士馬匹盡數送還卽准馳養奏候

朝廷處分在彼得以復貢在內得以休兵

克三章等約有四五百在山坡環跪口稱王杲等救

這些日夾宛又將我眾達子攔阻要救不許近關因

他人眾勢強不能執獻今馬法不救別兼一箇人不

勒我眾寨邊一狠草只絞了他寨內父子親枝是天朝

了眼替我眾達子除害眾告馬法將監的達子放出

奏知

皇爺惟我們貢市如我眾達子有作歹的馬法也照王杲

平了他巢穴宛也無怨等語臣以王杲宛生未的先

即差人行查十七日又據遊擊丁做揭報聞得王杲

同一小達子跑出不知實否候再查的另報等情各

兵并得復馬匹兵器火箭飛起焚燒積草房屋烈焰

敗大將王杲等往來於五百餘間燒盡其達賊壘

燒殺多有設圍前取遠行寨外王杲部賊聚集無

數洛山吹草澆喋來奔校援李總兵復督率前項將

領官軍超鋒敕術賊俱騰山鑽穴就陣斬獲首級百

餘顆得獲達馬夷器等件廬室悉焚巢壘蕩平總計

內外斬獲首級共一千二百四顆得獲達馬共四百

二十三四牛一百二隻盔五百四十三頂甲四百三

十九副夷器等件至酉時分收兵進境十六日又擄

陳川行報稱杲總兵回兵之時王杲鄰寨夷人大寨

官兵奮力攻打務期城破盡滅此賊如稍退怯即斬
以徇城破之時如遇漢人不許妄殺送用火炮火
箭打放諸軍繼進先斫開木柵數眉攀緣蟻附而
上破城壕賊酋矢石如雨極力拒堵我兵不遲舉
鏑四面攻圍于志文義得倚金廣熊朝臣王朝卿等
首先登城蹈階東比角千總高雲衝王守道蔣國珍
把總朴守真彭國珍等攻打西面亦即傾陷官軍金
四面斫入各城一擁拒戰官軍奮勇剿殺肉仍有高
閣大部一座精兵達賊三百餘名俱趙臺上射打官
兵環攻愈力良久亦陷首級盡行割取共斬一千餘

俱單各特角聯絡初九日曹簋追賊斬獲首級四顆

初十日據丁傲報賊三千餘騎從五味子衝進入李

總兵博調各故伏兵馬四集合管分爲八路列一字

申連等自進前賊四散奔入王杲寨內乘城拒守李

總兵分布品總兵楊騰帶領遊擊丁傲并中軍千把

總凌雲高延齡等十餘員在南方參將曹簋遊擊王

惟屏等二十餘員在西本總兵領中軍千把總陳可

一員等十餘員居中爲一字陣仍以選鋒千把總劉擊

等三十餘員爲三字陣專防援兵待戰千把總本

等十餘員列 二大營專爲外應分布巳定又申論各

併作歹夷人與殺死軍數務要相當若執迷不悛會

調精強兵馬或以正兵搗其巢穴或出奇兵搶其首

惡務使罪人斯得

國威可伸奉

聖旨這事情着張學顏李成梁相機處置欽此該臣遵照

題奉

欽依事理會行鎮守李成梁於十月初二日統領中軍畢

絡家丁把總官軍赴撫順所相機防撫初七日駐洪

車屯適中以俟哨報隨賊向往初八日移駐瀋陽城

場楊副總兵移駐鄧良屯清河遊擊王惟屏調駐馬

무요부초건주이추왕고소략 撫遼俘勦建洲夷酋王杲疏畧

一題爲恪遵

明旨仰伏

天威討平逆酋堅巢恭報異常大捷事萬曆二年十月十

四日據分守遼海東寧道僉議崔繼芳呈本年十月

十三日據坐營中軍陳可行差夜不收馬昂喬等執

火牌內稱繋照本年七月中建州酋首王杲主謀在

來力紅寨內綏死撫順管備禦裴承祖千總劉成奕

又綏虜軍十三百餘名蒙撫鎮會題兵部覆議移咨

一撫鎮宜布王台將造謀王杲來力紅正身綁獻闕下

英心效順不許從逆候夷心稍懈討處已周厚集兵
罷默遣間謀或相機搗其巢穴或設䇿擒其首另
還忠順部落許其照常
其形既可復台酋之謀亦可奪土蠻之氣其擒獲夷人
三十九名似應梟示關門以雪眾恨伏乞
下兵部速加覆議行臣等遵奉施行奉
旨吉兵部知道欽此該部覆奉
這事情着張學顏李成梁相機處置其餘俱依擬

肯冈此構怨乘其重資若照常宜布前項軍餘自當
送回廻裝承祖旣違嚴禁又不請明輕狎夷人員入
塞寨以致誘圖勢感格鬥殞身雖擒獲夷人三十九
名昌足以餙發官損衆之憤怨有餘辜倒難卹錄但
附缺官亟宜推補查得坐營中軍丁傲中固備禦
楊謙似應於内推用一員速去代事查得王杲素受
王台約束王台適與土蠻結姻彼此連和聲勢相倚
或漸起釁端試内強弱今敢殺邊將逆狀甚明
大剴加誅似不容已但今自知犯順爲備必嚴隙無可乘
一兵難輕進合無容臣等宜諭王台及王杲等部落各

年七月二十二日酉時准副總兵楊騰報稱本職據
報即時統兵應援至撫順城渾河遇曹簶差夜不收
稟報裴承祖并把總劉承奕等兵馬在來力紅寨內
被賊殺死等因到臣臣在窴前地方督視臺工據
報不勝驚異會同總兵官本十成梁議照建州屬夷
呆求力紅等自昔年送還人口撫處已定二年以來
相安無事近因走回投降夷人柰兒禿等四名口來
力紅索要裴承祖不與遂於本月十六日乘夜拿去
守臺及打草軍餘五名迻雖不順事亦甚微兒伊
貢馬五百四已驗給營軍方物三十包已運送在墨安

各賊欄住不曾動手曹簠真遼陽副總兵楊鎬承二

十日寅時帶領兵馬前往撫順所策應去訖等因一

十二日辰時又據曹簠差壯丁孫國臣口報本月十

一九日有裴承祖見建州夷人方物到驛後木到一

兵二百餘名赴來力紅纛子追要搶出畢夜說你

達子圍我你要作歹呼眾兵所傷達子數多硬達

一堆衝射承祖見被達子圍住有王杲弟王太差

子二名將國臣等三名送到關說要講和有永壽

人同千戶王勳聞承祖被圍搶奪達子三十九名係

監等情二十四日撫兵備僉事馬顕揭為邊情等

撫遼侔勦建州夷酋王杲疏畧　　　二二

欽差巡撫遼東地方兼贊理軍務都察院右副都御史臣

　○備禦輕入夷營被害疏

張學顏謹題

題為備禦輕入夷營被害乞

明速補以安地方事萬曆二年七月二十一日未時據

瀋陽叅將曹簠差夜不收周雷報稱本月十六日建

州達賊搶去臺軍三名打草軍二名十九日縋順備

禦裴承祖帶領兵馬二百徑到來力紅寨內索要有

各賊將承祖圍住不放進來有酋首王杲來力紅新

≪무요부초건주이추왕고소략(撫遼俘勦建州夷酋王杲疏略)≫ 影印   217

≪무요부초건주이추왕고소략(撫遼俘勦建州夷酋王杲疏略)≫

서울대학교규장각한국학연구원 소장

여기서부터 영인본을 인쇄한 부분입니다. 이 부분부터 보시기 바랍니다.

〈왕고(王杲)〉

≪청사고(淸史稿)≫, 권222, 〈열전〉 9, 『續修四庫全書』, 上海古籍出版社, 1995

여기서부터는 影印本을 인쇄한 부분으로 223면부터 보십시오.

報怨因誘葉赫楊吉砮等侵虎兒罕赤總督吳兌遣守備霍九皋諭阿台不聽

李成梁率師禦之曹子谷大梨樹佃大破之斬一千五百六十三級四年春正

月阿台復盜邊自靜遠堡九臺入既又自楡林堡入至渾河既又自長勇堡入

薄渾河東岸又糾土蠻謀分掠廣寧開原遼河阿台居古勒寨其黨毛憐衛頭

人阿海居莽子寨兩寨相與爲犄角成梁使裨將胡鸞備河東孫守廉備河西

親帥師自撫順王剛台出寨攻古勒寨寨陟峻三面壁立濠塹甚設成梁麾諸

軍火攻兩晝夜射阿台寞別將秦得倚已先破莽子寨殺阿海斬二千二百二

十二級清景祖二百五十里燬陽故通市王兀堂亦不知其種族所居樂距燬陽

顯祖皆及於難語詳太祖紀同時又有王兀堂初起奉約束惟謹萬歷三年

李成梁徙孤山險山諸堡拓境數百里斷諸部窺塞道王杲既擒張學顏行

邊王兀堂率諸部曾環跪馬前謂徙堡塞道不便行獵請得納質子通市易鹽

布學顏以請神宗許之開原撫順淸河燬陽寬奠通布市自此始當是時東方

諸部落自撫順開原而北屬海西王台制之自淸河而南抵鴨綠江屬建州王

王杲所掠塞上士卒及其種人殺漢官者王杲以貢市絕部衆坐困遂紲土默

特泰寧諸部圖大舉犯遼瀋總兵李成梁屯瀋陽分部諸將楊騰駐鄧良屯王

維屏駐馬根單曹簧馳大衝挑戰王杲以諸部三千騎入五味子衝明軍四面

起諸部兵悉走保王杲寨王杲寨阻險城堅塹深謂明軍不能攻成梁計諸部

方衆處可坐縛十月勒諸軍具礧石火器疾走圍王杲寨斧其柵數重王杲拒

守成梁益揮諸將冒矢石陷堅先登王杲以三百人登臺射明軍縱火屋

廬芻茭悉焚烟蔽天諸部大潰明軍縱擊得一千一百四級往時剖承祖腹及

殺承奕者皆就戮王杲遁走明軍車騎六萬殺掠人畜殆盡三年二月王杲復

出謀集衆衆犯邊復爲明軍所圍王杲以蟒裀紅甲授所親阿哈納陽爲王杲

突圍走明軍追之王杲以故得脫走重古路將往依泰寧衛速把亥明軍購王

杲急王杲不敢北走假道於王台邊吏檄捕送七月王台率子虎兒罕赤縛王

杲以獻檻車致闕下磔於市王杲嘗以日者術自推出亡不即死竟不驗妻孥

二十七人爲王台所得其子阿台脫去阿台妻淸景祖女孫也王台卒阿台思

使酒箕踞罵坐六年守備賈汝翼初上爲兀腐抑諸酋長立階下諸酋長爭非

故事盡階進一等汝翼怒抵几叱之視戲下箠不下者十餘人驗馬必肥壯王

杲鞭韃引去椎牛約諸部殺掠塞上是時哈達王台方強諸部奉約束邊將檄

使諭王杲王杲訟言汝翼摧抑狀巡撫遼東都御史張學顏以聞下兵部議令

遼東鎭撫宣諭示以恩威於是王台以千騎入建州塞令王杲歸所掠人馬盟

於撫順關下而能學顏復以聞資王台銀幣萬曆二年七月建州雜兒禿等四

人款塞請降來力紅追亡至塞上守備裴承祖勿予追掠行夜者五人

以去承祖檄召來力紅令還所掠亦勿予是時王杲方入貢馬二百匹方物三

十缺休傅舍承祖度王杲必不能棄輜重而修怨於我乃率三百騎走來力紅

寨諸部闒之未敢動王杲聞驚馳歸與來力紅入詗承祖而諸部團益衆王

杲曰將軍幸毋畏倉卒聞將軍至皆仰匈顧望見承祖及把總劉承奕百戶劉仲

繫殺數十人諸部皆前門殺傷相當來力紅執承祖及把總劉承奕呼左右急兵之

文殺之於是學顏奏絕王杲貢市邊將復檄王台使捕王杲及來力紅王台送

聲見於明實錄皆不知其世蓋自李滿住死復傳其孫完者禿阿哈出山之後可
紀者四世其別子猛哥不花領毛憐衛傳子撤滿答失里後不著董山死傳其
子脫羅及孫脫原保猛哥帖木兒之後可紀者三世其弟凡察傳子不花禿後
不著追嘉靖季年王杲強而阿哈出猛哥帖木兒之族不復見

王杲不知其種族生而黠慧通番漢語言文字尤精日者衛嘉靖間爲建州右
衛都指揮使廢盜邊歲四十六年十月覽撫順殺守備彭文洙遂益恣掠東州惠
安堡牆諸堡無虛歲四十一年五月副總兵黑春帥師深入王杲誘致春設伏
媳婦山生得春磔之遂犯遼陽刼孤山路撫順站前後殺指揮王國柱陳其
孚戴冕王重爵楊五美把總溫欒于欒王守廉田耕劉一鳴等凡數十輩當事
讓絕貢市發兵剿尋又請貸杲不爲悛隆慶末建州哈哈納等三十人款塞請
降邊史納爲王杲走開原索之勿予乃勒千餘騎犯淸河游擊將軍曹簠伏道
左突起斬五級王杲遁走故事當開市守備坐聽事諸部酋長以次序立堂上
奉土産乃騣馬即巔且跋並予善值屢其欲乃巳王杲尤桀慠㩦酒飮至醉

〈왕고(王杲)〉

≪청사고(淸史稿)≫, 권222, 〈열전〉 9, 『續修四庫全書』, 上海古籍出版社, 1995

여기서부터 영인본을 인쇄한 부분입니다. 이 부분부터 보시기 바랍니다.

[영인]

〈장학안(張學顔)〉

≪흠정사고전서≫, 〈明史〉 권222, 『影印 文淵閣四庫全書』, 臺灣商務印書館, 1988

여기서부터는 影印本을 인쇄한 부분으로 236면부터 보십시오.

去又請留道聽不聽明年順天府通判周弘禴又論學

顏交通太監張鯨神宗皆黙之於外學顏八疏乞休許

致仕去二十六年卒於家贈少保

張佳允字肖甫銅梁人嘉靖二十九年進士知滑縣劇

盜高章者詐為緹騎直入官署劫佳允索帤金佳允色

不變偽書券貸金悉署游徼名名入立禽賊由此知名

攫戶部主事改職方遷禮部郎中以風霾考察讁陳州

同知歷遷按察使隆慶五年冬擢右僉都御史巡撫應

中西城練兵之事良可鑒也疏上宦豎皆切齒為蜚語

中傷神宗察知之詰責主使者學顏得免然亦不能用

也考滿加太子少保雲南岳鳳罕虔平進太子太保時

張居正既歿朝論大異初御史劉臺以劾居正得罪學

顏復論其賕私御史馮景隆論李成梁飾功學顏亦稱

成梁十大捷非妄景隆坐貶斥學顏故為居正所厚與

李成梁共事久物論皆以學顏黨於居正成梁御史孫

繼先曾乾亨給事中黃道瞻交章論學顏學顏疏辯求

上動天顏令車駕已還猶未解散謹稽舊制營軍隨駕

郊祀始受甲於內庫事畢即還宮中惟長隨內侍許佩

弓矢又律不係宿衛軍士持寸刃入宮殿門者絞入皇

城門者戍邊衛祖宗防微弭亂之意甚深且遠今皇城

內被甲乘馬持鋒刃科道不得糾巡臣部不得檢閱又

招集厮養僕隸出入禁苑萬一驟起邪心朋謀倡亂譁

於內則外臣不敢入譁於夜則外兵不及知譁於都城

白晝則曰天子親兵也驅之不肯散捕之莫敢攖正德

索學顏隨事納諫得停發太倉銀十萬兩減雲南黃金

課一千兩餘多弗能執爭而金花銀歲增二十萬兩遂

為定額人亦以是少之十一年四月改兵部尚書時方

興內操選內豎二千人雜厮養訓練發太僕寺馬三千

給之學顏執不與馬又請停內操皆不聽其年秋車駕

自山陵還學顏上疏曰皇上恭奉聖母扶輦前驅拜祀

陵園考卜壽域六軍將士十餘萬部伍齊肅惟內操隨

駕軍士進止自恣前至涼水河喧爭無紀律奔逸衝突

右都御史未受代而土默特約泰寧蘇爾巴噶分犯遼

瀋開原明年正月破敵劈山殺其長阿齊台等五人學

顏遂還部踰年拜戶部尚書時張居正當國以學顏精

心計深倚任之學顏撰會計錄以勾稽出納又奏列清

文條例釐兩京山東陝西勳戚莊田清溢額脫漏詭借

諸獎又通行天下得官民屯牧湖陂八十餘萬頃民困

眡累者以其賦抵之自正嘉虛耗之後至萬曆十年間

最稱富庶學顏有力焉然是時宮闈用度汰侈多所徵

日巡塞上撫定翁郭特諸部聽於所在貿易卒築寛佃

斥地二百餘里於是撫順以北清河以南皆邊約束明

年冬發兵誅王杲大破之追奔至紅力寨張居正第學

顏功在總督楊兆上加兵部侍郎五年夏土默特大集

諸部犯錦州要求封王學顏奏曰敵方憑陵而與之通

是畏之也制和者在彼其和必不可久且無功與有功

同封犯順與效順同賞既取輕諸部亦見笑讉達臣等

謹以正言却之會大雨敵引退其冬名為戎政侍郎加

西王台送俘獲就欵學顏因而撫之遼陽鎮東二百餘
里舊有孤山堡巡按御史張鐸增置險山五堡然與遼
鎮聲援不接都御史王之誥奏設險山參將轄六堡一
十二城分守靉陽又以其地不毛欲移置寬佃以時絀
不果萬歷初李成梁議移孤山堡於章嘉哈喇佃移險
山五堡於寬佃長佃雙墩長嶺等皆擴膏腴扼要害而
邊人苦遠役出怨言工甫興王杲復犯邊殺遊擊裴承
祖巡按御史亞請罷役學顏不可曰如此則示弱也即

示將加誅別遣使招諭許免差役未半載招還四千四
百餘口積患以消秋建州都督王杲以索降人不得入
掠撫順守將賈汝翼詰責之杲益憾約諸部為冦副總
兵趙完責汝翼啟釁學顏奏曰汝翼却杲饋遺懲其遠
抗實伸國威茍緣此罷斥是進退邊將皆敵主之矣臣
謂宜諭王杲送還俘掠否則調兵勒殺毋事姑息以蓄
禍趙完懼饋金貂學顏發之詔逮完而宣諭王杲如學
顏策諸部聞大兵且出悉竄匿山谷杲懼十二月約海

盛之羊繼以荒旱饑莩枕籍學顏首請振恤實軍伍招

流移治甲仗市戰馬信賞罰黜懦將數人創平陽堡以

通兩河移遊擊於正安堡以衞鎮城戰守具悉就經畫

大將李成梁敢深入而學顏則以收保為完策敵至無

所亡失敵退備如初公私力完漸復其舊十一月與成

梁破土默特卓山進右副都御史明年春土默特謀入

寇聞有備而止奸民闌出海上踞三十六島闚視侍郎

汪道昆議緝捕學顏謂緝捕非便命李成梁按兵海上

免大學士高拱欲用顏或疑之拱曰張生卓犖偉儻

人未之識也置諸盤錯利器當見侍郎魏學曾後至拱

迎問曰遼撫誰可者學曾思良久曰張學顏可拱喜曰

得之矣遂以其名上進右僉都御史巡撫遼東遼鎮邊

長二千餘里城岩一百二十所三面隣敵官軍七萬二

千月給米一石折銀二錢五分馬則冬春給料月折銀

一錢八分即歲稔不足支數日自嘉靖戊午大饑士馬

逃故者三之二前撫王之誥學曾相繼綏輯未復全

有物議卒不推也卒贈太保諡襄敏

張學顏字子愚肥鄉人生九月失母事繼母以孝聞親

喪廬墓有白雀來巢登嘉靖三十二年進士由曲沃知

縣入為工科給事中遷山西參議以總督江東劾去官

事白遷永平兵備副使再調薊州諳達封順義王察罕

圖們汗語其下曰諳達奴也而封王吾顧弗如挾三衛

窺遼欲以求王而海建諸部日強皆建國稱汗大將王

治道郎得功戰死遼人大恐隆慶五年二月遼撫李秋

〈장학안(張學顏)〉

≪흠정사고전서≫, 〈明史〉 권222, 『影印 文淵閣四庫全書』, 臺灣商務印書館, 1988

여기서부터 영인본을 인쇄한 부분입니다. 이 부분부터 보시기 바랍니다.